勿忘我

〔日〕梨木香步 著
竺家荣 译

人民文学出版社

著作权合同登记号：图字 01-2017-2969

NISHI NO MAJO GA SHINDA(西の魔女ガ死んだ)
Copyright © 1994 by Kaho NASHIKI(梨木香步)
This edition originally published in Japan in 2001 by SHINCHOSHA Publishing Co., Ltd.
Simplified Chinese translation rights arranged with SHINCHOSHA Publishing Co.,
Ltd through Japan Foreign-Rights Centre/Bardon-Chinese Media Agency

图书在版编目（CIP）数据

勿忘我/（日）梨木香步著；竺家荣译.—2版.
—北京：人民文学出版社，2017
（梨木香步作品系列）
ISBN 978-7-02-012622-4

Ⅰ.①勿… Ⅱ.①梨… ②竺… Ⅲ.①长篇小说-日本-现代 Ⅳ.①I313.45

中国版本图书馆 CIP 数据核字（2017）第 071983 号

责任编辑　陈　旻
特约策划　潘丽萍
封面设计　钱　珺

出版发行　人民文学出版社
社　　址　北京市朝内大街 166 号
邮政编码　100705
网　　址　http://www.rw-cn.com
印　　刷　山东德州新华印务有限责任公司
经　　销　全国新华书店等
字　　数　69 千字
开　　本　850 毫米×1168 毫米　1/32
印　　张　4.5
插　　页　2
版　　次　2012 年 3 月北京第 1 版　2017 年 9 月北京第 2 版
印　　次　2017 年 9 月第 1 次印刷
书　　号　978-7-02-012622-4
定　　价　29.00 元

如有印装质量问题，请与本社图书销售中心调换。电话：010-65233595

勿忘我

西女巫死了。快要上第四节理科课的时候,阿米被教务处的女老师叫了去,老师告诉她,你妈妈这就来接你,赶紧收拾一下书包,去校门口等她吧。阿米心想,一准出啥事了。

阿米怀着忐忑不安又满怀期待的那种说不清的心情,换个词就是 serious① 加兴奋的心情,照老师的吩咐,到校门口去等妈妈。谁让这日复一日的每一天这么无聊呢,阿米巴不得发生点戏剧性的变化。

不大工夫,妈妈开着那辆深绿色小车来了。妈妈是英日混血儿,长着一头说黑不黑的头发和一对说黑不黑的眼珠。阿米很喜欢妈妈这双眼睛。可是,今天妈妈这双眼睛显得疲

---

① 英语,意为"沉重"。

惫不堪，没一点神采，脸色也特别苍白。

妈妈一停下车，就打了个手势招呼阿米上车。阿米赶紧钻进车里。刚关上车门，车马上就发动了。

"出什么事了？"阿米紧张兮兮地问道。

妈妈深深地叹了一口气："女巫——病倒了。说是已经不行了。"

一瞬间，所有声音和色彩都从阿米身边消失不见了。血液在耳朵里头汩汩流动。

过了一会儿，消失了的声音和色彩一点点恢复了，可是，它们已经不再是原来那样的了。阿米的世界再也不可能回到从前了。

"她还……"阿米想要问，"她还活着吗？"却不由自主地闭紧了嘴唇。吐出了一大口气后，才问道："能说话吗？"

妈妈摇了摇头："电话是医院打来的，说是姥姥心脏病突然发作。有人发现她倒在地上时，她已经没有脉搏了。医院方面说想做一下解剖，我没同意，因为她是最反感这种事的人了。"

是啊，她是最反感这种事的"人"了。阿米把座椅背向后放倒，抬起胳膊挡在眼睛上。阿米感觉身子特别的沉重。

这个打击实在是太巨大了，用悲痛这样的词都形容不了。这就是说，从现在开始，要坐六个多小时的车了。上高速之前一个小时，高速那段路得四个小时，加上下高速后一个小时。这么远的路，坐这么辆小破车纯粹是活受罪。车速慢得就像是用车身测量着地面，向前爬行似的。

阿米把胳膊放了下来，凝视着汽车前面的挡风玻璃。不知什么时候下起了雨，雨点吧嗒吧嗒地打在挡风玻璃上。妈妈还没有启动雨刷。昨天看电视时，电视台预报说要进入梅雨季节了。噢，不对，不是电视台，是气象台说的。

雨越下越大了，窗外的景色渐渐模糊起来。妈妈还是没有启动雨刷。

阿米偷偷瞅了妈妈一眼。妈妈正在哭泣。并没有哭出声，只有眼泪不停地滚落下来。这是妈妈的哭法，阿米老早以前也瞧见她这么哭过。

"雨刷。"阿米小声提醒道。

妈妈显得有些慌乱。也许先发觉自己在流泪，紧接着意识到外面下起了雨吧。顿了顿，妈妈才说着"哟，下雨啦"，一边启动了雨刷。

前窗玻璃上的雨滴被擦去了，马路两旁新叶碧绿的法国梧桐一棵棵地接连闪过。

看着那些法国梧桐新长出的嫩叶,让人萌生某种"勃发"之感。阿米呆呆地想着,从口袋里掏出一块手帕,递给妈妈。

"谢谢。"妈妈条件反射般地说道。她一只手扶着方向盘,一只手接过手帕擦眼泪。

阿米感觉自己沉甸甸的身体不停地往下坠落着。仿佛有一个巨大的引力急切地拽着她的身体,将她拖回到了两年前。也是这个季节——快到初夏的时候,她在姥姥家待了一个多月。这段回忆鲜明极了,就连姥姥家里和院子里的气味、光线以及空气,一切的一切仿佛都在她的感官中复苏了一般。

"没错,她就是真格的女巫呀。"一次,妈妈一脸正经地告诉阿米。从那以后,只有她们母女俩的时候,就管姥姥叫"西女巫"了。阿米回忆起的就是在"西女巫"那儿住了一个多月的往事。

那还是两年前的五月,阿米小学毕业后,刚上中学。谁知,一换季哮喘病又犯了,阿米就没有去上学。可是,等到哮喘好了以后，阿米还是没去学校。看她那样子，好像一想到去学校，就难受得喘不上气来似的。

这下妈妈可犯了愁。幸好她还比较明智，对阿米既不哄也不骂，根本不打算白费那个劲儿。有一次，妈妈随口问了一句："你是不是该去学校了？"阿米直直地盯着妈妈的眼睛，表情严肃地告诫道："我再也不去学校了。那种地方只能让我痛苦。"

于是妈妈就死了心。既然阿米都把话说到这个份上了，那她一定有不去上学的道理。但妈妈还是尽量宽慰阿米说："我知道了。好吧，那你就先休学一段时间吧。刚上中学还不到一个月呢，不用这么早下结论呀。肯定是因为你身体还没好利索才这么想的。等过两个星期以后，体力恢复了，就有精神了。"

阿米不解的是为什么妈妈不问问她"你说'学校只能让我痛苦'是怎么回事"。妈妈多半是害怕知道吧？妈妈自己上学时也一直没能融入学校生活中去，这说不定跟她是混血儿有点关系。甭说那会儿了，现在这一带都没有一所国际学校。阿米据此推测，妈妈听阿米这么说，很可能不想重新翻出那段令自己不愉快的学校生活记忆吧。

不过呢，再怎么说，妈妈也好歹混到了大学毕业，够棒的了。相比之下，自己刚上中学就要触礁了……阿米心里琢磨着。

那天晚上，妈妈给在外地工作的爸爸打了个电话。阿米已经上了床，却一动不动地竖着耳朵偷听。

"……是啊，这孩子哮喘已经好了，可是她说不想去学校。……对呀。强迫她去的话，起反作用怎么办呢？什么理由？谁知道呢。反正这孩子……怎么说呢，兴许是太敏感了吧。多半是受了什么伤害吧。你也知道，从小她就不是个乖乖女呀。属于活得特别累的那种孩子吧。……我打算着，要不先把她送到乡下我妈那儿去住上一段时间。乡下那边的空气新鲜，对哮喘病的恢复也有好处。……虽说早就知道有'不愿上学'这么个说法，可做梦都没想到……我自己的孩子也会这样。我可算知道什么叫晴天霹雳了……好的，我也没有现在就放弃她的意思，当然啦，当然啦。可是，她上小学的时候一直是个优秀生啊，真没想到啊……"

接下去，妈妈问起了爸爸的工作，阿米对这些内容没什么兴趣。看来妈妈已经不以我为荣了。对于阿米来说，这是最让她难受和悲伤的了。她真想跑去对妈妈说一声"对不起，妈妈"。可是，"不是个乖乖女""活得特别累的那种孩子"等，就像铁锚般沉甸甸地坠入阿米的内心深处。阿米知道这些都是妈妈的真心话。

"不可否认。"阿米喃喃自语道，她是第一次使用这种四字成语。阿米发觉自己长大了一些。

"这是不可否认的。"阿米又小声重复了一遍。似乎这样一来，她就把这句话完全变成自己的了。然后，她对自己说，这点打击和去学校相比是小巫见大巫。而且，妈妈不是说了"先把她送到乡下我妈那儿去住一段时间"吗？

阿米从小就特别喜欢姥姥，动不动就爱一遍遍地说"最喜欢姥姥啦"。对爸爸和妈妈这么说，她觉得特别难为情。姥姥是外国人，也许这样才能更直接地表达感情吧。每当阿米这么说，姥姥都会微笑着回应："I know。"

这意思就是"我明白"。祖孙二人之间这种固定模式的对话就跟朋友之间的暗语差不离。

一想到将和姥姥一起生活，阿米就高兴得要命，同时也掠过一丝不安。因为阿米觉得"一起生活"和偶尔"去玩儿"毕竟不是一回事。

等姥姥知道了我的所有情况后，会不会失望呢？就像妈妈对我失望那样。再加上姥姥本来就让阿米觉得有点深不可测,所以阿米多少有点怕她。

不过,话说回来,其实这也正是阿米对姥姥感兴趣的原因之一。

到了星期日,阿米坐着妈妈开的车去了姥姥家。当时,阿米家住的地方离姥姥家还不太远,开车一个小时就到了。

阿米把课本和文具,还有衣服、漫画、书、牙刷乃至大口杯,一股脑儿地塞进了旅行包和纸箱里。

"姥姥家不至于穷得连茶杯都没有吧。"妈妈见了惊讶地说。可阿米是这么盘算的:只要带上这个用惯了的大口杯,那么,它所到之处就咣当一下被扩大成"自己的地盘"了,这样管保不会再想家了。

也不知怎么搞的,阿米隔三差五就会受到想家的折磨,就连待在自己家里的时候也不例外。说阿米"想家"给人感觉可能有些怪怪的,不过,对于阿米来说,也只能这么定义。她所感觉到的是一种憋得喘不上气来的寂寞。

要问自己为什么会有这种感觉?它到底打哪儿来的?到了姥姥家也会想家吗?这个杯子能有多大的神通?阿米也答

不上来，反正必须带着它，以备万一。

车子爬过了蜿蜒漫长的山路，进了山里。

走了不一会儿，右手边出现了一片昏暗的毛竹林，随后出现了一户荒芜的农家。这家人的院子里养的几条狗看见有车经过，一齐"汪、汪"地叫唤起来。

妈妈放慢了车速，拐进了左边的一条小路。小路窄得只有一个车身宽，路两旁的枫树伸展着的枝丫相互交错在小路上方，像个隧道似的。

车子又拐了个弯，穿过一个比阿米略高一些的、古老遗址模样的门柱，停了下来。

这就是姥姥家的前院了。院子正中央伫立着一棵高大的橡树，小径、花草和树木环绕着它。

阿米和妈妈打开车门下了车，正好看见姥姥从屋里迎出来。

姥姥有着一双黑褐色的大眼睛。一头褐色的头发——已经白了大半——很随意地束在脑后。姥姥身材高大而硬朗。她不露牙齿地嘿嘿地笑着（怎么瞧都是嘿嘿笑，算不上是微笑），目不转睛地瞧着阿米她们。

妈妈走近姥姥，郑重其事地用右手搂住姥姥的肩头，用左手搂着姥姥的腰,和姥姥互相亲吻了脸颊。然后,回头看了一眼阿米。

阿米也走上前去,说:"姥姥,好久没见了。"

"欢迎你来呀。"姥姥用流畅的日语回答。她双手捧起阿米的脸蛋,抚摩着。

随后,阿米和妈妈跟着姥姥绕过小院,朝房屋后面走去,从厨房门进了厨房。

厨房门是个玻璃门,打开后是个阳光房,有一块榻榻米大小的空间。要进入厨房,还要再打开一道门。虽说是厨房,其实就像是铺了瓷砖的过道,可以穿着鞋进出。

厨房里,朝向后院的窗户边上,放了一张餐桌和几把椅子。阿米和妈妈在椅子上坐了下来,喝着姥姥给她们沏的红茶,吃着姥姥从点心罐子里拿出来的饼干。妈妈不住嘴地说着,什么开车来的路上发现小镇的变化真叫大啦,爸爸在现在工作的地方生活得很好啦,院子里的植物长得多茂盛啦,等等,全都是些无关痛痒的事,也就是说,都是和阿米不挨边的话题。

后院里,从厨房一出来就能采摘到的地方种着大葱、山椒、荷兰芹、鼠尾草、薄荷、茴香、月桂树等植物。阿米一边茫然地望着院子里的植物,对它们沐浴着充足的阳光、茁壮生长羡慕无比,一边惦记着厨房里不着边际地聊着天、迟迟没有进入主题的妈妈和姥姥。

阿米站起来,走进了两道门之间的阳光房。在这个既不算是外面也不算是里面的空间里,以玻璃墙为依托,搭了几条细长的木板。木板上面放着小盆花啦、剪枝用的长剪子啦、喷壶啦,等等。靠近地面一段没有搭木板。落地玻璃脏兮兮的,布满常年积淀的泥点子。犄角旮旯的地砖上还长着杂草。

妈妈的声音突然低了下去。她又该跟姥姥说"不是个乖乖女"什么的了吧。可是,究竟说了什么,阿米怎么也听不清。

阿米蹲下来,凝神盯着那株杂草。它开着蓝色的小花,就像是一朵小了一圈的勿忘我。

突然,从屋里传来了姥姥那铿锵有力的说话声:"能和阿米一起生活真叫我高兴。我一直感谢上帝,让阿米这样的好孩子降生到咱家来。"

阿米闭上了眼睛,然后,慢慢地深吸了口气,又睁开了眼睛。这朵蓝色的小花真是太可爱了。它就像是一个闪闪发光的存在。阿米用双手轻轻地捧住了那朵小花。

"阿——米。"妈妈在叫她。

阿米腾地跳了起来,答应了一声。

妈妈呵呵地笑着。

"今天咱们做三明治吃。你去后院摘点生菜和金莲花来。"

"好——的。"阿米大声答应着,跑到院子里去了。

在月桂树的那边有一块菜地。一走进菜地,阿米的脚就陷入了松软的土里。菜地里长满了杂草,露水打湿了阿米的小腿。莴苣结得很大,阿米用力把菜心揪了下来。一受到震动,肥硕的鼻涕虫也跟着吧嗒一声掉了下来,吓了阿米一大跳。然后,她飞快地往回走。月桂树下生长着一簇簇金莲花,阿米采摘了几片金莲花叶子后,回到了厨房。

妈妈正在往切得薄薄的面包片上抹着黄油。姥姥在煎鸡蛋,满屋子飘散着被黄油所融化的鸡蛋香味。

"这些够吗?"阿米既不是问妈妈,也不是问姥姥。

"嗯。"妈妈和姥姥同时答应着,互相对视了一下,妈妈耸了耸肩,意思是让给姥姥。

"把它们洗干净后,放在笊篱里控控水。"姥姥俨然指挥者一般慢悠悠地说道。

"生菜洗几片？"

"三四片吧。"

阿米剥下三片生菜——那个菜心便剩下了一半，和金莲花一起放进笊篱里控水。

姥姥走过来说了声："谢谢。"一边拿起一片生菜放在手掌上，吧唧吧唧拍去水分，同时压平，然后把它撕成面包片大小，放在妈妈摆放好的面包片的其中两片上，又从冰箱里拿出火腿片，在两片面包上各放上一片，金莲花同样各一片。

姥姥在剩下的几片面包上或放了几片生菜，撒上盐，或者只放上一个煎鸡蛋，然后从一头往另一头，依次啪啪盖上面包片，然后把它们放在案板上，咔嚓咔嚓地切成三等分。在姥姥做三明治的时候，妈妈将一壶滚开的热水灌进暖水瓶里，准备沏红茶。

"阿米，从碗柜甲拿三个盘子。"姥姥对阿米说道。

阿米拿起一个大盘子问道："这样的行吗？"

"对。那么大的一般是吃饭用的。"

阿米在配餐台上摆了三个盘子，姥姥将做好的三明治

"啪、啪、啪"地分别放到盘子上,顺手从配餐台下面的抽屉里拿出一块桌布铺在餐桌上。

"阿米,把咖啡杯拿过来。"

"啊,对了,阿米自己带杯子来了。"

妈妈瞧了一眼阿米。

"哟,我都给忘了,行李还在车里呢。阿米,去拿进来吧。"

"什么?我自己去拿?"

"不就是一个旅行包和一个纸箱吗?后备厢里有拉杆车,一趟就拉过来了。"

"好——吧。"阿米叹了一口气,走出了厨房。朝停在院子里的小汽车走去。这时,阿米看见一个陌生的男人正探头探脑地往车里头瞅。

那个男人皮肤黑得就跟炎炎烈日照耀下的背阴地儿一样,还胖得出奇,身上的肥肉一颠一颠的,唯独那双眼睛贼亮贼亮的。

阿米踌躇了一下,可是,不管怎么着也得先把行李从车里拿出来。

那个男的也看见了阿米,有点尴尬地从车窗那儿移开了眼睛。车里面一片狼藉,阿米她们一路上吃的点心包装袋啦、空饮料罐啦,扔得哪儿都是。

阿米对这个男人如此厚脸皮很反感,生硬地跟他打了个招呼"你好"。

男人直眉瞪眼地盯着阿米,嘴里含含糊糊地哼哈了两声,突然吼道:"嗨,你打哪儿来?"

阿米吓了一大跳,只好回答:"这儿是我姥姥家。"

男的又直勾勾地打量了阿米半天,问道:"来玩的?"声音还是那么大。

阿米犹豫了一下,说:"在这儿住几天。"然后小声补上一句:"是养病。"

"哼,够舒坦呀。"男的甩下这么一句后,走出了院门。

阿米气得肺都快炸了。打开后备厢的时候,手还在颤抖,好半天没打开。

这家伙凭什么这么跟自己说话呀?他自己随便进了人家的院子,还问人家是哪儿的,岂有此理!他怎么敢这么耍横?

阿米刚才的好心情一下子飞到九霄云外去了。她从后备厢里取出拉杆车,噼里啪啦地组装好后,就把旅行包和纸箱子放到了上面,连固定绳子都忘了系上,也没有用手扶着,结果,旅行包掉到地上好几次。

好不容易才回到了厨房,姥姥和妈妈早已坐在餐桌旁等着阿米了。阿米诉说了一遍刚才的遭遇,委屈得好几次眼泪都差点滚下来。

妈妈很不满地问姥姥:"这人怎么这样啊。是谁呀?"

"大概是源治吧。可能是听见他家的狗叫,看见有辆陌生的汽车开进院子,为我担心,过来瞧瞧吧。"

妈妈皱着眉头,打开旅行包,找出阿米的大口杯,到水龙头那儿洗了洗,拿来放在桌子上。尽管刚才旅行包掉下来好几次,但算它命大,没被摔坏。

"那个人是谁?住在哪儿?"阿米的语调还是气哼哼的。

"源治住在对面的那座房子里,我经常找他帮忙干点院子里的活儿,还有买买东西什么的。"姥姥一边说着,一边往阿米的杯子里倒牛奶,加了红茶后,放在阿米面前。"这杯子真好看啊。阿米就是有眼光。"

阿米使劲叹了一口气,吸溜了一口奶茶。奶茶沏得很浓,闻着香喷喷的,非常好喝。

刚才听姥姥的语气,像是在袒护那个家伙,让阿米有些不安，不过，现在觉得心里舒服些了。

"你是说对面的房子吗？就是养了好多狗的那家吧？我记得上次来的时候，好像没有那些狗啊。"

"源治一直住在镇上，前不久刚刚搬回这儿来的。他父亲去世了。"

妈妈转身朝着姥姥，小声问道："他到底还是离婚了吧？"

姥姥一边伸手去拿三明治，一边答道："我不太清楚。看样子好像是一个人住呢。"

阿米也伸手拿了一个三明治，从里面抽出了金莲花。她不喜欢金莲花那股子绿芥末或黄芥末般刺鼻的辛辣味。妈妈看见也没吱声。

"他三天两头来吗？"阿米已经平静多了，一边吃着三明治，一边问姥姥。

"不怎么来。哦，对了，阿米想住哪个房间啊？阁楼上的两个屋子，挑一个吧。"姥姥突然把话题转到这儿来了，阿米毫无思想准备，赶紧现想起来。

这座房子楼下的布局是：朝向前院的是客厅和储藏室，姥姥的卧室夹在客厅和储藏室中间。朝后院的只有这个厨房。

被叫做阁楼的楼上,朝向前院的房间是姥爷曾经住过的,现在做储藏室了,朝向后院的是以前妈妈住过的房间。姥爷活着的时候,对矿石很痴迷,所以,朝前院的那间屋子里摆满了各种石头。而且,窗户正对着那个男人的家,阿米怕一打开窗户就会看见那个男的,所以决定选妈妈那间。

"我要妈妈那间。"

妈妈听了,微微一笑:"好久没进那个房间了,还是原来的样子吗?"

"当然了。"

"我上去瞧瞧。怎么也得打扫打扫啊。"说着,妈妈匆匆上楼去了。姥姥嘿嘿笑了一下,冲着阿米挤了一下眼睛。

"你妈是怕阿米看见她的秘密,先去收起来。"

"真的?"阿米瞪大了眼睛,"是什么呀?我想看看。"

姥姥又嘿嘿笑了一下,摇了摇头:"阿米也有不愿意让别人看见的东西吧?"

"也许吧。"阿米故意装糊涂。

"每个人在快要长成大人的时候,这种秘密都会越来越多的。你妈妈……"说到这儿,姥姥拿出香烟、火柴和烟灰缸,点燃了一支烟,"你妈妈是在那个房间里长大成人的,所以肯定藏着好多好多秘密呀,我这么猜。"

阿米对姥姥的烟味一点都不在乎,姥姥也知道。但是,妈妈老是以阿米有哮喘病为挡箭牌,叫爸爸戒烟,也很讨厌姥姥抽烟。所以,姥姥在妈妈面前抽得很少。

厨房里的餐桌是长方形的,不大也不小。桌上摆着一个五六寸高的土陶花瓶,里面插着从院子里摘来的可爱的野花。

朝向后院的飘窗里摆放着姥爷的照片。姥爷是长脸形,蓄着花白的胡须,头上戴着一顶草帽。一部分阳光被草帽遮挡了,给脸上印上了一块阴影。肯定是夏天在这个小院里照的。姥爷眯着眼睛微笑着。在姥爷身边,蹲着那条名叫布拉奇的黑狗,它目光锐利地盯着照相的人。现在布拉奇和姥爷都已经不在了。

阿米很喜欢这张照片。

姥爷以前在教会私立中学任理科教师。在这所学校里,姥爷邂逅了从英国来的英语教师——姥姥,并结了婚。姥爷在阿米很小的时候就去世了,所以,阿米对姥爷几乎没有什么印象。

如果姥爷和姥姥没有邂逅的话，就不会生下妈妈，自己也就不会出现在这里了。不对，说到底，如果不是姥姥想要来日本的话……想到这儿，阿米忽然对姥姥怎么会来日本产生了好奇。"姥姥为什么想到日本来呢？"

姥姥轻轻吐出一口烟，说道："明治时代刚刚开始的时候，姥姥的爷爷，也就是阿米的曾曾祖父到日本来旅行。在那次旅行中，他对日本人的彬彬有礼和温文尔雅的态度、坚忍不拔和正直不阿的品格感触很深，并带着这样深刻的印象回到了英国。从我记事的时候起，爷爷就经常给我讲去日本时的所见所闻，所以我从小就对日本非常向往，就像憧憬未来的白马王子一样。"

姥姥仿佛回到了从前，凝神眺望着窗外。

"长大以后，我在某教会工作的时候，听说他们要招募去日本当英语教师的人，我就毫不犹豫地报了名。"

"家里人没有反对吗？"

"也许是受了祖父的影响，家里人都很喜欢日本。不过，当时没有人想到我会在日本待一辈子吧。除了姑妈以外。"

"后来一直没有回去过吗？"

"新婚旅行的时候和父母去世的时候回去过呀。"

"他们没有反对你跟日本人结婚吗?"

"当然不会高兴啦,最开始的时候。也许是为我担心吧。不过,姑妈是站在我一边的,她说,我跟日本人结婚是上辈子就决定了的。再加上后来大家一见到你姥爷,都特别喜欢他,所以还算顺利。因为他正是我祖父所描述的那样的日本人啊。"

"这不就等于姥姥从小一直爱着姥爷了吗?"

"呵呵呵。也可以这么说吧。人的命运就是由很多个偶然的机缘串联起来的啊。"

这时,从楼上传来咔哒一声关上窗户的声音。妈妈从楼上走下来,每下一个台阶,楼梯都发出嘎吱嘎吱的响声。

"待了这么半天呐。"姥姥温柔地说道。

"嗯,"妈妈喘吁吁地在桌边坐下来,"我把杂物架和抽屉里的东西全都装进纸箱里了,好给阿米腾地方啊。"

"每样东西都让人怀念吧。"

"是啊。最后用胶带给箱子封上的时候,感觉就像把我的人生都给封存了。"

阿米觉得自己也能够明白妈妈此时的心情似的,尽管阿米来到这个世界上才短短的十三年。

这天晚上，阿米和妈妈都在阁楼里过夜。第二天一大早，天还没亮，妈妈就回去了。

阿米躺在被窝里听见妈妈轻手轻脚地下楼去，可是，她没有喊妈妈。一是因为还没怎么睡醒；二是因为自己一喊妈妈，就得互相说什么"再见""打起精神""多加小心"之类的话了，这样一来二去的，可能会导致寂寞感倍增的。所以，阿米隐隐约约听着妈妈的汽车开走的声音，又把自己驱赶进睡梦之中去了。

阿米再次睁开眼睛的时候，果然不见了妈妈的身影。她突然像以往那样开始想家了。不过这次是有原因的，总比无缘无故地想家要强多了。但是，那种原始的、暴力般的威力强烈如故。她感到了伴随着揪心般痛楚的孤独，就像乘坐的电梯不停地坠落下去那样。

早晨，阿米一边克制着和以往一样无法排遣的孤独感，一边下楼去了厨房。她心里想着，长大以后，我一定要弄清楚它是从哪儿来的，为什么老是死皮赖脸地跟着我。

姥姥看见阿米，嘿嘿一笑："早上好。"说着把面包片放进了烤面包器。

"早上好，"阿米回答，接着突然冒出一句，"妈妈走得真早。"

"是啊。这会儿可能已经到家了吧。早上车少,路好走。想给她打个电话吗?"

阿米摇摇头。现在还忍得住。实在忍不住了再打,这是最后一招。再说了,瞧瞧,姥姥已经把我的杯子拿来了,有了它,我就有精神了。

阿米两只手捧着杯子喝了一口姥姥给她沏的红茶,偷偷瞅了一眼正把煎蛋放进碟子里的姥姥,姥姥正好也在瞅她,又朝她咧嘴一笑。阿米心里一激灵,慌忙垂下了眼睛,仿佛自己的内心被姥姥看穿了似的。旋即她又担心起姥姥会不会不高兴。这时,姥姥说道:"今天咱们去后山干活吧。"

听姥姥突然这么一说,阿米简直一头雾水:"干什么活啊?"

姥姥把烤好的面包片和一碟煎蛋放在桌子上:"去了就知道了。吃完早饭,你自己先去后山转悠转悠。"

阿米根本不想吃早饭,可又怕惹姥姥不高兴,就硬着头皮把早饭都给吃光了。其实她也没那份心情去散步,可既然姥姥一片好心,她也只好迈着沉重的步子走出了厨房。

和阿米的阴郁心情正相反,外面阳光灿烂。清晨的新鲜空气在阳光照耀下闪闪烁烁。阿米沿着后院右边的小路往前走，最先看见的是一个鸡笼子，再往前去是一片杂木林。林子里有柞树、橡树、榛树、栗子树，等等。一大早就心事重重的阿米走到这儿后，不禁"哇——"地叫出声来。只见稀疏的杂木林的土地上，覆盖着一片像红宝石一般鲜红的山草莓。

"哇，真是太美了！"阿米情不自禁地发出了赞叹，走路也小心翼翼起来，生怕踩到它们。它们简直就跟真的红宝石一样。它们是特别水灵、柔软、易碎的红宝石。阿米全神贯注地盯着脚底下走着，费了老大劲儿才穿过了杂木林。

前面出现了一座小山。遍地生长的山草莓居然没有蔓延到这儿来。从这儿开始混杂着具芒碎米莎草的狗牙根绿茵茵地覆盖了山丘。四周散发着初夏时节浓郁的青草气息。

阿米坐在小山丘上，眺望着远方辉映在阳光下的淡青色山峦。微风吹拂着山下面的栗子树嫩绿的新叶。远处的山野里回响着杜鹃"布谷、布谷"的叫声。

真是见鬼。就在不久前，她还因为狭小的教室里令人窒息的人际关系而烦恼不堪呢。阿米简直不敢相信。

阿米做了个深呼吸后，小声说出了一个词："escape①。"

没错，她现在就是在 escape② 呀。阿米心里明白，她早晚还是得回到那个世界里去的。她难过得真想大哭一通。咳，管它以后怎么着呢，反正待在这儿那叫一个舒服……

"阿米——！"

听见后面有人喊她，阿米回头一看，姥姥两手都拎着桶，站在那里。

"咱们开始摘吧。"

阿米立刻明白姥姥的意思是摘山草莓。"这么多桶，真强啊，姥姥。"阿米瞪圆了眼睛，站起来朝姥姥走过去。

"做草莓酱吃。好啦，现在开始吧。尽量多摘点。"

"遵命。"

阿米和姥姥并排蹲下摘起来。姥姥一共拿来了三个桶，桶套着桶。阿米以为摘不了那么多，没想到最后三个桶都装满了。

姥姥一边摘一边给阿米讲姥爷的故事。姥姥说，姥爷对一般人爱吃的草莓酱不感兴趣，反倒喜欢吃山莓酱（记得

---

①② 英语，意为"逃避"。

姥姥还特意在"山"这个字上格外用力)。姥爷酷爱大自然,尤其对矿石特别着迷。

阿米一边听一边想,姥爷死了以后,姥姥该多么悲伤啊。过了很多年以后,阿米才意识到,当时自己根本体会不了那是一种什么样的心情。

黑蚂蚁成群结队地沿着山莓的绿茎爬上爬下。阿米揪了一个山莓放进嘴里尝了尝,有一股晾晒过的甜味。

"你妈妈喜欢吃杨梅,不过还得一个月才能成熟呢。"

"妈妈也这样帮你摘山莓?"

姥姥摇摇头,说:"以前这儿可没有这么多山莓啊。是你姥爷去世后第二年才长出来的。现在已经这么大一片了。"

"嘿——"

阿米想象着那一年的情景。姥姥看着漫山遍野红宝石地毯一样的山莓时,肯定就像自己刚才那样激动万分。

"真像收到了姥爷送给你的生日礼物啊。"

"还真是生日礼物啊,因为……"姥姥的声音突然变得格外庄重,"因为那一天是我的生日。我立刻明白了这些山莓是怎么回事。因为你姥爷从来没有忘记过我的生日。"

此时此刻,阿米不知道该说什么好了。

"姥姥特别高兴吧?"

"我实在是太高兴了。高兴得一下子蹲在地上哭了起来。"

阿米恍惚看见了当年姥姥蹲在地上哭泣的情景,慌忙眨了一下眼睛。

阿米和姥姥花了一上午的时间才摘完,抬着满满的三桶山莓回来,放在了厨房外面。厨房门口有两个灶台,一般在用大锅煮很多东西的时候使用。姥姥接着灶台旁边的水管子,一个一个仔细地清洗了一遍采摘来的山莓,然后放进笊篱里控水。阿米也帮着洗。姥姥说,如果不仔细清洗的话,里面的黑蚂蚁洗不掉。

好不容易洗完了三桶山莓,姥姥从厨房里抱来两口大锅,在水龙头下面涮了涮,放在地上。

姥姥又从屋檐下的小窝棚子抱来了劈柴和杉树叶。然后,在灶台前蹲下来,先将干透的杉树叶铺在最底下,再铺上一层树枝,上面放上一层细劈柴。之后,姥姥从围裙兜里掏出火柴,点着了杉树叶。树叶转眼间就点燃了,噼里啪啦地响着。火苗蔓延到了树枝,接着吞噬了细劈柴。

看着已经完全燃烧起来以后,姥姥又在上面加了些粗劈柴，然后站起身来，叫阿米把大锅拿过来，放在灶眼上。大锅里的水汽发出丝丝的响声，转瞬间就被蒸发了。姥姥往一口锅里装满了水，往另一口锅里加了一桶水和半桶山莓。

"阿米，厨房锅台下面有砂糖，去拿四袋来。"

阿米按照姥姥的吩咐，从厨房锅台下面拿来四袋砂糖。

姥姥又嘿嘿一笑，说："没想到阿米这么有劲儿啊。"

姥姥这么一说，阿米才发觉这四袋砂糖够沉的。不过，得到姥姥的夸赞，阿米不觉窃喜。

姥姥将两袋砂糖全都倒进了大锅里。

"放这么多白糖，对身体不好吧？"阿米不安地问道。妈妈平时老叨叨白糖吃多了对身体有害。

"没事。果酱不是一下子吃光的东西，而且越甜保存时间越长。现在，阿米就用这个慢慢搅拌吧。"姥姥把长筷子递给了阿米，若无其事地说道。

她自己从事先准备好的纸箱子里拿出好多形状各异、大大小小的玻璃瓶来，然后打开另一口锅的盖子，把这些瓶子轻轻放进滚开的水里。咕嘟咕嘟煮了一会儿后，用长筷子和粗夹子很熟练地把它们一个一个夹出来，排放在一个大笊篱上晾干。

一冷却下来，瓶子也就随之晾干了。阿米这边煮果酱的锅里渐渐泛起了白沫，姥姥叫阿米慢慢地把这些白沫撇掉，自己把灶台的火门关小了一些。这样随时调节火势，以免烧得太旺。

阿米照姥姥吩咐的那样反复地撇掉白沫，搅拌着。这工夫，姥姥将余下的山莓和白糖统统倒进那只空锅里，和刚才一样搅拌起来。

"阿米学得很快啊。"姥姥一边搅拌一边夸奖着。

远处传来竹鹧鸪"揪呀——磕呀——"的鸣叫。

大概是被果酱的香味招来的吧，好多苍蝇聚了过来。幸而不时有清爽干燥的风刮过，还不算太让人讨厌。阿米这口锅里的果酱越熬越稠了。

"阿米，你和我换一下。"姥姥把长筷子递给阿米，拿起饭勺在锅里搅了两三下，便舀出锅里的果酱开始装瓶。这样制作出来的一瓶瓶果酱，除了姥姥自己日常食用外，都收藏在橱柜里，当做姥姥去别人家做客时的礼物，或者阿米他们来玩时带走的土产。

终于装完了所有的瓶子。瓶子还冒着热气的时候，姥姥就紧紧地盖上了盖子。

"今年有阿米帮忙,真是快多了。"姥姥在又薄又脆的烤面包片上抹上一层黄油,又舀上一勺新做的山莓果酱,像是犒劳阿米似的,递给阿米,一边这么说道。

阿米心里别提多高兴了,却装得很随意地说:"明年我也要来帮姥姥干活,后年也来,以后每年都来。"

姥姥高兴地笑着,没有说什么。

阿米和姥姥做的果酱呈现一种透明的深红色,是那种很深很深的红色,深得快接近黑色了。用舌头一舔,有一股酸甜的、林子深处的草木味。

这一天下午,直到吃晚饭,阿米一直在收拾自己的房间。晚上吃的是咖喱饭。阿米猜想,姥姥是特意为我做的吧。

收拾完餐桌后,姥姥抱着一箱今天新做的瓶装果酱,阿米抱着一个装着纸和剪子的纸盒子去了起居室。

在起居室里,她们一边看电视,一边给这些果酱瓶贴上写有制作日期和果酱名称的标签。姥姥的标签再普通不过了,只是用黑色钢笔在长方形小纸片上写字而已。但是,这些标签一经阿米的手就立马变漂亮了。她把长方形的四个角剪掉,变成了八角形,再用好几种彩色铅笔画上各种各样的花边。

"阿米很懂审美啊。瞧这标签做得多好看呐。颜色也搭配得恰到好处,"姥姥说着,摩挲着阿米的头,"真让姥姥自豪啊，我外孙女艺术细胞这么丰富。"

姥姥像是自言自语地说着，这让阿米觉得怪不好意思的。姥姥就喜欢这样毫无顾忌地称赞自己家的人。而且，姥姥总是不露声色地表达出自己是引以为荣的，就像给植物浇水那样自然而然地让被称赞的人感受到。

贴完了标签，阿米继续看电视。姥姥拿来缝纫盒，做起针线活来。

看了一会儿电视，阿米觉得没什么可看的了，就走到姥姥旁边，问姥姥在缝什么。

"做围裙呢。在院子里和厨房里干活用的。"

阿米一听，又仔细看了看姥姥手里的东西。这是一件天蓝色的旧衣服，把下摆剪去了三十厘米。姥姥正在给袖口加条松紧带，把袖口缩小一些。

"这原来是你妈妈的一件睡衣。上半部分打算给阿米做件干地里活儿用的罩衫，下摆可以做成三条可爱的围裙呢。"

阿米条件反射般地"嘿——"了一声，心里慢慢涌起了一股暖流。

"最喜欢姥姥啦。"

阿米像以往那样飞快地说着，头顶在姥姥的后背上蹭

着。姥姥也像以往一样,微笑着回答:

"I know。"

然后,一边做针线,一边随口问道:"阿米知道女巫吗?"

"女巫?就是穿着黑衣服、骑着扫帚飞来飞去的巫师?"

"对呀。其实,她们一般也不骑扫帚什么的。"

"真的?真的有女巫吗?那不是电视和漫画书里才有的吗?"

"这个嘛,也许和阿米想象的女巫不大一样吧,不过,真的有啊。"

这个话题太让阿米吃惊了。已经开始犯困的脑袋立刻清醒起来了。

"怎么不一样啊?快告诉我,姥姥。"

"怎么说呢,阿米要是得了病会怎么办?"

"去医院啊。"

"想知道明天天气怎么样呢?"

"听天气预报啊。"

"嗯。可是,很久很久以前,没有医院,也没有气象台,电视机、收音机、报纸等什么都没有,就连基督教都没有的时候，你知道人们怎么办吗？"

"你说没有基督教，那就是公元前了？"

"是啊。那个时候也有很多人呐。当然啦，没有现在这么多人。那个时候，人们都是靠着祖先一代一代口头传下来的智慧和知识生活的。比如说哪些植物能够治病，怎么跟险恶的自然和平共处，等等。此外还有如何才能躲避困难或战胜困难方面的能力。这一类知识，古代人比现代人要丰富得多。后来，慢慢出现了一些对这些知识了如指掌的人。于是大家便去找这样的人，就像患者去找大夫看病，信徒们聚集到教祖身边，学生去请教老师一样。再后来，这些特殊的人所具有的东西便子子孙孙地传承了下来。不仅是知识和智慧，也包括某种特殊的能力。"

"那就是说……"阿米整理着头绪，"超能力？你是说超能力可以遗传吗？"

姥姥停下手里的针线活，把放在不远处的烟灰缸和香烟拽过来，然后从兜里掏出火柴，点燃了香烟，吸了一口。

"我这么一说，听起来好像荒谬得不得了似的，其实每个人多多少少都有这种超能力的。只不过有的人比别人要多一些罢了。这就像唱歌唱得比别人好或者计算得比别人快。

我的祖母就是这样的人。"

"歌唱得好?"

姥姥笑着说:"对,歌也唱得好。不过,她最突出的就是叫做预见或者透视之类的能力。"

阿米屏住呼吸,听着姥姥讲下去。

"我的祖父来过日本,阿米是知道的。有一天下午,祖母正在缝抹布,为结婚做准备,突然,在她眼前出现了一片黑沉沉的汪洋大海……"

"什么?"

阿米吃惊得瞪圆了眼睛,姥姥冲阿米咧嘴一笑。

"她看见在茫茫大海上,只有祖父一个人在奋力游着。她预感到祖父游的方向错了,不由得喊了一声'往右边游啊'。就在这个瞬间,大海和祖父都不见了,抹布回到了她的手里,她这才发觉自己刚才做了个白日梦。她已经不是第一次做这样的白日梦了。"

"她经常做这样的梦吗?"

"是啊。就在祖母做这个白日梦的时候,祖父正在从横滨开往神户的轮船上。他夜里睡不着,就到甲板上来透透风,没想到,一不小心,竟然掉到海里去了,"姥姥耸了耸肩,喃喃自语道,"最怕发生的就是这种事情了,夜里掉到海里去,多恐怖啊。"

"后来呢?后来怎么样了?"

"不幸的是,没有一个人发现祖父掉下去了,轮船一直往前开走了。"

"哎呀——"阿米尖叫了一声,两手攥起拳头,堵在嘴上。"那后来呢?后来呢?"

"没办法,祖父只好朝着轮船开走的方向游了起来。游了一会儿后,孤零零一个人漂浮在黑漆漆的海面上的祖父,害怕得快要哭出来了。他心里想,要是自己就这么死了,恐怕他的未婚妻一辈子都不可能知道他遭遇了什么吧。他再也无法忍受了,大声喊起了祖母的名字。就在这时,他突然听见了祖母那熟悉的声音'往右边游啊'。"

阿米不禁倏地挺直了腰。

"他便毫不犹豫地往右边游起来。此时,他已经不再害怕,也不再感到孤独了。最后,他终于游到了沙滩,上了岸。第二天,人们在渔民打鱼的窝棚里发现了冻得直打哆嗦的祖父。后来,祖父听人家告诉他,如果当时他不改变方向的话,现在恐怕已经被卷进漩涡里去了。"

"呀！可怕死啦——"

"祖父在旅行途中，把这次奇遇写在信里，寄给了祖母。祖母在回信里只写了为祖父生还感到庆幸和慰问等，没有提及白日梦的事。"

"为什么呢？应该告诉他'是我救了你'才对啊。"

"那个时代就是那样的。很长时间，祖母所具有的超能力是被人们忌讳和排斥的。在被某种秩序所支配的社会里，与那种秩序格格不入的能力是受到排斥的。到了祖母生活的时代，即便不再受到排斥，恐怕也无法享受到应有的幸福吧。"

"怎么这样啊？！要是现在，早成电视明星了。"

姥姥无力地笑了笑："阿米觉得这就是幸福吗？受到人们的关注会使那个人幸福吗？"

阿米思考起来。对于阿米这代人来说，成为电视明星就意味着成功。成功难道不就是幸福吗？不过也是，每天受到万众瞩目，被大家追来追去，没有一点隐私，也的确够受的。

"我也说不清了。"

"是啊。对于什么是幸福，每个人的想法都不一样。阿米也要寻找一下什么才能使自己幸福呀。"

阿米一边想一边说道:"不过,被别人关注,不就比别人高出一头吗?这样一来,就不会遭到冷遇或者受人欺负……被人轻视了吧?"

"受人欺负,被人轻视也等于是受到关注啊。"姥姥抚摩着阿米的脸蛋,温柔地说道。

"哎呀!"阿米突然发出了一声尖叫,"没准咱们家真有这个血统?"

姥姥嘿嘿一笑:"今天先聊到这儿吧。已经很晚了。"

晚上,阿米躺在被子里,翻来覆去地想着,这么不可思议的事情真的会发生在自己身边吗?胡思乱想了半宿,阿米最终得出了结论,无论怎么看自己都不像有这种能力的人,这才半是放心、半是遗憾地睡着了。

阿米做了一个梦。

在没有月光的黑幽幽的、一望无垠的大海上,漆黑的天鹅绒般的海水环绕着她,只有她游泳发出的水声哗哗作响。

当时她一定特别的寂寞,不,根本没工夫去想这些,只是一个人孤零零地拼命地游着。

这时,一个声音从她的内心和外面同时响起:"往西边游啊。"

第二天,阿米起床后,看见姥姥已经在院子里给植物浇水了。今天的天空和昨天一样晴空万里。阿米穿着睡衣就进了院子。

"姥姥,早上好。"

"早上好,阿米。"

姥姥关上水龙头,用围裙擦着手,故意考考阿米似的笑嘻嘻地问她:"阿米叫得上多少植物的名字啊?"

阿米用手指摁着嘴唇想了想,回答:"姥姥以前不是告诉过我几种吗?这是金桂,这是蔷薇,正中间那棵大树是橡树吧?一到秋天就会掉下好多橡子呢。"

"不错。阿米的记性真好啊。那么,这个叫什么,你知道吗?"姥姥指着从繁茂的月季丛中探出来的水仙样的植物,问道。

"水仙吧,对吗?"

姥姥嘿嘿笑着,摇了摇头。

"那我就不知道了。是什么呀?"

"是阿米最熟悉的东西,大——蒜。"

"什么?就是那个难闻的大蒜?蒜在哪儿呢?"

"呵呵,大蒜是长在根上的,要从土里给挖出来才行。把它们跟蔷薇混着种的话,蔷薇不容易长虫子,香味还特别浓。好啦,你赶紧去换衣服,该吃早饭了。今天是大酱汤和米饭。"

"好——的。"

阿米很乐意学这些知识。她觉得这些知识属于昨天晚上姥姥讲的那些奇妙故事的一部分。

吃完早饭,打开鸡笼子后,四只鸡被放了出来,一只公鸡,三只母鸡。大公鸡一副目空一切的样子,高傲地昂着头,藐视着四周,率领母鸡们走出了鸡笼子。阿米她们每天吃的鸡蛋就是这些鸡下的。

今天天气很好,公鸡一边舒舒服服地享受日光浴,一边吧嗒吧嗒地扇动翅膀,喔喔地啼着。然后,它一边用爪子使劲刨土,脑袋飞快地一上一下地寻找土里的蚯蚓或虫子。其他母鸡也模仿着它的样子,在小院里四处啄着。每当某只母鸡找到了一条蚯蚓或蝼蛄,公鸡便立刻跑过来把人家的战利品给抢走。

阿米觉得这只公鸡特别滑稽，可一看到它这么蛮不讲理，也很是愤愤不平，真想帮母鸡们一把，为它们报仇雪恨。可是，以前阿米用扫帚柄戳过那只公鸡，被暴怒的公鸡扑到身上，所以，阿米后来一直非常小心，尽量跟它保持距离。

从那以后，阿米和公鸡互相都介意起了对方，关系一直比较僵（虽说没有人知道公鸡是怎么想的，可是公鸡总是频繁地往阿米这边斜眼，这就很说明问题了）。

阿米感受着公鸡的敌意，从鸡群旁边走过，然后穿过曾经遍地山莓的小树林，爬上了小山。刚刚进入五月，草木都已萌芽，阿米深深呼吸着非常好闻的山野清香。

从小山包往下面去，有一条歪斜的羊肠小路，被虎杖、羊蹄、艾蒿等杂草覆盖了一半。阿米还记得小时候跟着姥姥从这条小路走下去过。

阿米回想着小时候的事，不由自主地沿着这条小路，往山下走去。她记不清那次跟着姥姥去了哪里，不过，记得好像是看见了什么奇妙的东西。

往下走了五米左右，阿米来到了一块光照良好的林间空地。空地左边是竹林,右边是杉树林,小路继续向着杉树林深处延伸。

出现在阿米眼前的这块林间空地,就像是在昏暗阴湿的竹林和杉树林之间开了一个天窗似的。虽然这里和阿米记忆中的地方不大一样,可不知为什么阿米对这块地方却喜欢得不行。

这块空地里有好几个老树墩子。在每个树墩根部四周的坑洼处都长着好多株开败了的紫花地丁,结了胀鼓鼓的荚。阿米想象着这些紫花地丁遍地开花时一片姹紫嫣红,禁不住高兴起来,忽而又为自己没能看到这一美景甚感遗憾。

阿米坐在一个树墩上,心情一下子平静了下来,内心感觉无比的恬静而平和。

小樟树、小栗树、小桦树等环绕四周,阿米坐在这里时,仿佛感觉它们中间隐藏着什么宝贵的、温暖的、松软的、可爱的东西似的。这里就好比用雏鸟的茸毛编织成的暄暖舒适的、很小很小的鸟巢一样。

"我太喜欢这儿了!"阿米自说自话着。

和昨天一样,杜鹃鸣叫起来,一阵阵凉爽的风吹过。阿米重新用自己的语言整理了一遍昨晚姥姥给她讲的故事。

——如果姥姥讲的是真的（大概是真的吧，姥姥不可能撒谎。而且还是个这么荒谬绝伦的故事）。那么，就连我的身上也很可能流淌着女巫的血液了。这就是说，从今往后，我也可能会具有超能力的。尽管有点可怕，不过，要是真能那样，自己就再也不用像现在这样怕去上学了吧？宛如水里悠游自在地游动的鱼儿那样，可以躲开各种各样的障碍，万事顺遂地生活下去了吧？

阿米想到这儿，不由得兴奋起来，顿时觉得眼前一亮。

晚上吃完晚饭后，姥姥在起居室做起了针线活，阿米下决心问道："姥姥，我要是努力的话，也会有超能力吗？"

姥姥显得很吃惊的样子，盯着阿米看了好一会儿，看得阿米不禁脸红起来，以为自己问得太轻率了。

"没错，阿米并不是天生就具有超能力，所以需要特别努力才行啊。"姥姥若有所思地，挑选着恰当的词语说道。

"我一定努力，"一门心思要当女巫的阿米干脆地回答，"这样可以了吧。姥姥，告诉我吧，我该怎么努力啊？"

"好的，"姥姥故意一本正经地回答，"首先呢，你要进行基本功训练。"

"基本功训练？"

"对。超能力这种东西主要是精神世界的产物,所以需要具备控制它的精神力量。这就像那些运动员训练一样。游泳运动员也要进行田径方面的训练,而排球或棒球运动员也要做俯卧撑或柔软体操等与打球没有直接关系的训练啊。你知道为什么吗?"

"为了增强体力吧?"

"对。正如体育运动需要有体力一样,为了变出魔法和创造奇迹也需要精神力量发挥作用。好比胳膊没有一点力气的话,就挥不动球拍和球棒啊。"

"那姥姥的意思是说,要想增加精神力量,就必须进行基本功训练了?"

"没错。"

阿米隐隐产生了一种不祥的预感。

"精神力量,就像耐性那样的东西?"

自己从根本上缺少统称为耐性的那种持久力,阿米心里一向不否认这一点。如果说当女巫必须具备耐性的话,那么阿米就不是从零开始了,而是要从负数开始了。她觉得前景一片黯淡。

"一说起耐性,你就联想到拼命地去忍耐吧,其实不然。

姥姥所说的精神力量的意思是，牢牢地竖起能够准确地捕捉正确方向的天线，使自己的身心都能够正确地去接收。"

"嗯——"

阿米好像明白了，又好像没有明白。

"需要坐禅或者冥想吗？"

姥姥又咧嘴一笑："那些还不到时候呢。这就跟不做准备活动就猛然挥舞球拍、结果脱了臼一个道理啊。"

阿米泄气了。如果坐禅或者冥想还不到时候的话，凭着超能力预知未来、念一声咒语就变形等不就遥遥无期了吗？

"我告诉你，阿米，"姥姥故意半开玩笑似的压低声音说道，"在这个世界上，有无数蠢蠢欲动的恶魔无时无刻不在窥视着，它们专找那些在冥想时意识蒙眬而且意志力薄弱的人附体。"

阿米也知道姥姥是半开玩笑，可还是感觉脊背上倏地透过一股寒气。

"姥姥，这世上真的有恶魔吗？"阿米提心吊胆地问道。她估计姥姥一定会回答"没有"。

没想到姥姥的回答非常简单明了："有啊。"

阿米倒吸了一口冷气。

姥姥又扑哧一笑。

"不过，只要把精神力量锻炼得很强健，就什么也不怕了。"

"怎么锻炼呢？"阿米连珠炮似的发问。

"这个嘛，首先要做到早睡早起、按时吃饭、经常运动、生活规律呀。"

听到这个回答后，阿米的心情该多么沮丧，可以想见了吧。

阿米沉默了片刻，深深地叹了一口气。

"你说的这些我没一样做得到。晚上看书到半夜，节假日能一直睡到中午。上体育课，我多半是在一旁看着。饭也不好好吃……不过，刚才姥姥说的是'锻炼体力'，没说要'锻炼精神'呐。"

姥姥点点头："没法子，都少不了基本功训练啊。"

阿米还是不依不饶地追问："如果像姥姥说的那样真有恶魔的话，凭着这么简单的锻炼，就不会被恶魔附体了吗？"

"当然不会了。为了避开恶魔，也为了当女巫，最重要的就是要具有坚强的毅力，即自己做决定的能力以及实现自己做出的决定的能力。这样的能力一增强,恶魔就不会轻易侵犯你了。阿米说这么做很简单,可是,这样简单的事情对于阿米来说难道不是一件相当困难的事吗?"

姥姥说得没错。阿米噘着嘴,虽然心里一百个不情愿,也只好点点头。

姥姥微笑着说:"对于阿米来说,最有价值的,最想要的东西,很可能只有经历这样的锤炼才能得到啊。你说呢?"

阿米现在已经跃跃欲试了:"我明白了。我试试看……吧。"

姥姥高兴地露出了微笑:"说得好。不简单,阿米。好吧,现在你自己制定一个起床和睡觉的作息时间表,还要把它写在纸上,贴到墙上。"

"姥姥每天几点起床?"

"六点。"

"六点我绝对起不来。就定在七点吧。"

"这样正好,咱俩就能一起吃早饭了。"姥姥鼓励道。

"睡眠需要八个小时……十一点以前必须睡觉……可是,我肯定睡不着的,我入睡可难可难了。"

"那也得七点起来。阿米一般几点睡啊?"

"两点或者三点吧。"

姥姥听了一愣，瞪大了两眼，但没有发表什么意见。

"还有，就是身体和脑子的锻炼了。"

"我体育特别差劲……"

"做过家务活吗？像打扫卫生啦，洗衣服啦。"

"做过，可不是每天。"

"上午就进行这些家务活训练吧。下午给阿米留出来，根据自己的兴趣安排一些头脑训练怎么样？做功课或看书之类都行。"

阿米的眼睛顿时炯炯发亮起来。

"好，我今天晚上想一想。"

"必须在十一点之前啊。"姥姥提醒阿米。

"姥姥，毅力这东西，是后天培养出来的吗？不是天生就有的吗？"阿米又问。

"幸运的是，即便天生意志薄弱的人，也能够慢慢增强的，只要肯花时间，长期坚持不懈地进行锻炼就行。同样的道理，天生身体很弱的人，只要这样坚持锻炼，也能够增强的。最开始好像没什么变化似的，于是，人往往会产生怀疑，渐渐懈怠起来，最终放弃努力或者破罐破摔。所以，一定要克服这些困难，咬牙坚持下去。直到感觉再也没有什么能够动摇自己的时候，才会发现一个与以前截然不同的自己。然后，踏踏实实地继续努力，度过许多枯燥的日子后，终于有一天，你会突然看到一个与过去更加不同的自己。就这样循环往复下去。"

姥姥缓慢地说下去。

"只是，增强毅力与增强体力等其他努力有所不同，其难处在于，挑战自己的一般都是一些意志薄弱的人，所以，他们更容易有挫折感。"

有道理。阿米心里嘀咕着。

"好了。你现在就回房间去定个计划，明天开始实行吧。"

阿米正要从起居室里往外走，姥姥很随意地补上了一句："我可从来不觉得阿米缺乏毅力啊。"

阿米惊讶地瞧了一眼姥姥，姥姥一脸笑意。

"我觉得自己挺差劲的。"阿米轻声说道。回自己房间后，她拿了纸和笔，躺在床上，开始琢磨下午的时间安排。

阿米的数理化比较差，在这些科目上要多花些时间。她喜欢语文和英语，也要给这两科充足的时间。

经过一再斟酌，阿米最后决定，将文科和理科各选一科合为一个单元，下午学习两个单元。比如，以语文和数学为一个单元，中间休息一会儿，然后学习英语和物理、化学。语文教材就从妈妈书架上的书里选，英语就跟姥姥学。

"好——啦，OK了。"

一看表，已经十点半了。这时，阿米听见楼梯嘎吱嘎吱地响起来，姥姥上楼来了。

"阿米？"姥姥轻轻敲了敲门，小声叫道。

"请进。"

姥姥轻手轻脚地走进来，在阿米枕头上方的柱子上吊了个什么东西，阿米闻到了一股厨房特有的、让人心情宁静的清香。

"这是什么呀？"

"这是能让阿米睡个好觉的催眠香。night、night、sweet[①]。"

"谢谢。晚安，姥姥。"

姥姥轻轻挥挥手，走了出去。

阿米仔细一看，这东西原来是个装在小网兜里的葱头。

过了一会儿，阿米就像受到了暗示似的香甜地睡着了。

---

① 英语，意为"晚安，亲爱的"。

还没有到十一点。

第二天,阿米六点就醒了,觉得时间还早,又睡着了。直到姥姥来敲门,阿米才从睡梦中醒过来。

"阿米,七点啦。"

"知道啦。"

阿米穿着睡衣,慌忙跑下了楼。

"阿米,把衣服换了,去拿鸡蛋吧。"

阿米又返回阁楼,换上了T恤衫和短裤。

来到楼下,她接过姥姥手里的铝盆,朝院子里的鸡笼子走去。

阿米去拿鸡蛋并不是头一次,以前来姥姥家玩的时候,早晨和妈妈两个人去拿过。刚下的鸡蛋还是温乎乎的,沾着一点鸡粪和羽毛。说心里话,阿米对于吃这种刚下的鸡蛋,总觉得有点膈应,再加上鸡妈妈一个劲地"咯咯哒、咯咯哒"地叫着,意思像是"你干吗?你干吗?",让阿米特别心虚。不过,这话阿米不太敢跟姥姥直说。

"反正这孩子不是乖乖女。"阿米无意中把妈妈前几天打电话时说的话说了出来。

今天天气也很晴朗,空气中还残留着夜露的潮气,感觉凉凉的，早晨的阳光很快就将凉凉的潮气给吸纳了。

阿米从鸡笼子旁边的饲料袋里捧了一把饲料，放进饲料盆里，趁着鸡儿去吃食的空隙，阿米拿着捆了根细长棍的大饭勺，把鸡笼子门打开一条缝隙，小心翼翼地将它伸进去——这样不会使鸡儿受到惊吓——取出了一枚鸡蛋。

那只大公鸡一边吃食，一边扭头朝阿米瞅了一眼。这回，它似乎是不打算搭理阿米，只是傲慢地闭了一下眼睛，没有叫唤。

阿米把鸡蛋放进铝盆里，然后又取出了一枚。

回到厨房后，姥姥已经在平底锅里嗞嗞地煎着火腿肠，等着阿米的鸡蛋了。

"谢谢。"姥姥说着，双手从盆里拿出那两枚鸡蛋，在锅台角上咔咔一磕，便将里面的黄倒进了平底锅里，一转眼火腿蛋便做好了。

阿米心想，要是我的话，会先把鸡蛋壳外面洗干净的。不过，姥姥磕破蛋壳时很巧妙地躲开了脏的地方。

一吃完早饭，姥姥就把两个人刚才用过的餐具拿到水槽里，刷刷两下就洗干净了。阿米看着姥姥洗碗，暗自决定，从明天开始她要自己洗碗。不光是洗碗，姥姥做的每一件事，都仔细地观察——为了什么？为了以后姥姥需要人帮助的时候啊。因为阿米真的从心底里喜欢上了姥姥。

"今天是垃圾车来的日子，阿米房间里有垃圾的话，都拿下来。"

阿米回自己房间里拿来了纸篓。

"一般的白纸可不要扔掉啊。把彩色印刷纸、塑料制品、塑料袋等放进这个口袋里。"

"一般的白纸是这样的吗？"阿米拿起一张废弃的活页纸给姥姥看。

"对，留着以后点火用。"

姥姥家的垃圾只有阿米家垃圾的五分之一。阿米拿着一袋垃圾，穿过小路朝马路边走去。

姥姥家大门外那条小路两旁种着枫树，长长的枝丫搭成了一个鲜绿色的天棚，清风徐徐从天棚里拂过。

拐弯的时候，阿米小心地朝小路两旁踅摸着。那是老早以前的事了，阿米曾在这条小路上亲眼看见一条蛇爬过去。

记得那是阿米刚上小学的那年夏天。

下午，阿米在这条小路上铺了一块席子，正在画画。这是老师留的作业。

一直"知了、知了"响个不止的蝉鸣声，骤然间停了下来，四周顿时安静了。就在这时，一条很粗的菜蛇从右边的灌木丛里爬了出来，慢悠悠地横穿小路而去，犹如这个世界上唯一的活物一样。就在它即将进入左边的灌木时，它突然昂起了那镰刀形的脖颈，徐徐地左右转动着，环顾着四周。

要是被蛇发现了，该怎么办，阿米全然不知，吓得缩成一团，大气也不敢出。万幸没有和蛇对上眼，万一对上了，会发生什么后果呢？那条蛇一定会看透阿米是个柔弱的小孩，对她做出什么难以想象的事吧？阿米一想到那次遭遇就后怕。

从那以后，每次从这儿走过，阿米都会想起那毛骨悚然的一瞬，变得万分小心起来。

可是，因为害怕就放弃走这条美丽的小路，也太不上算了，阿米总是这样给自己鼓劲。好啦，今天也总算平安走过去了。

大马路上很豁亮。对面竹林响起一阵哗啦啦的风声，紧接着好几只狗一齐叫唤起来，就是厚着脸皮跑到人家家里来的那个人养的那些狗。

阿米正要把垃圾袋放在有垃圾放置标记的电线杆下面，

忽然看见地上早已放着一捆杂志。最上面一本的封面上是一个女人摆着怪异姿势的裸体照。

在明亮的阳光下，因浸透潮气而褶皱不堪的杂志散发着阴湿晦暗的臭气。

阿米本能地移开了目光。她真想给自己的眼睛消消毒。这温馨悠长的田园风光竟然连这种异类都不加以拒绝，将它们也融入其中了。

阿米觉得乡村这种不可思议的宽容方式是对自己一向信赖的什么东西的背弃，便紧走几步离开了那里。那群狗在阿米背后叫唤得更凶了，就像要赶她走似的。

可能是那个人扔的吧。就是那个姥姥叫他源治的男人。绝对错不了。阿米心里充满了乌云一般的厌恶感，一口气跑回了姥姥家。

——全完了。这下子可全完了。一切的一切都被那个人葬送了，就是那个下流的、粗野的、卑鄙的男人。为什么那个男人会干预我的生活呢？刚刚开了个好头，就……

还有那群冲着自己瞎叫唤的狗，厌恶和愤怒使阿米几乎快要窒息了。

姥姥正把大洗衣盆拿到后院里，准备洗衣服，看见阿米脸色煞白地跑回来,稍稍有些吃惊,但马上恢复了一贯的表情,对阿米说道:"阿米,去把厨房里的脏桌布和抹布拿来。"

阿米瞬间明白了,刚才自己受到的刺激是不可能跟姥姥说出来的,因为和这儿的气氛太不协调了。况且阿米也不想提起那本肮脏的杂志。她默默地去厨房把姥姥吩咐的东西拿来。阿米现在心情恶劣到了极点,除此之外也不知道该干什么。

姥姥用大锅煮了一锅开水。她接过阿米手里的东西,道了声谢,就把它们和肥皂一起统统放进大锅里煮了起来。

"阿米,站在大盆里踩踩那些床单吧,光着脚踩。"

阿米默默地照姥姥说的那样,脱掉鞋袜,光着脚,迈进洗衣盆里,踩了起来。她吧唧吧唧地踩着,凉水溅到脚脖子,感觉舒服极了。越踩泡沫越多,水渐渐变得浑浊起来了。阿米非常卖力地踩着,真想永远这么踩下去。

"阿米,就这么踩,很好,很好。踩得差不多了,就把水倒掉,该换水涮洗了。"

阿米从大盆里出来,把脚上的肥皂沫冲干净。姥姥换了一盆干净的凉水。阿米又踩了起来,这回要把肥皂沫踩出来。踩最后一过时，盆里的水在太阳光下闪烁着，已经透亮透亮的了。

涮洗干净后，姥姥和阿米一人一头，拽着床单的两头朝相反的方向拧水，水哗哗地被拧了出来。然后再次展开，叠起来，啪啪地拍打，弄平褶皱。最后，姥姥将床单平铺在茂密的薰衣草上面。

"不会弄脏吗？"

"刚才我已经给它们浇过水了，很干净的。这样晾干的话，床单就沾上了薰衣草的香味，闻着这香味，睡觉可舒服了。"

在大锅里煮过的抹布等全都变得雪白雪白的了。再用冷水把它们涮洗干净后，一块一块地拧干，搭在院子里的晾衣绳上。

阿米刚才踩得太卖力了，等所有的衣服都洗完之后，竟然感觉有点累了。

"姥姥家没有洗衣机吗？"

"以前有。可是，自打我一个人以后，就不怎么用它了。后来就坏了呗。"

后来就坏了呗。听见姥姥那颇有些伤感又不无调侃的语调，阿米扑哧一声笑了出来，心里那股气好像一点点溜走了。

吃完午饭，阿米就去了昨天发现的后山的那块太阳地。她在一个树墩上坐下来，一个人发呆。

一群白脸山雀、褐头山雀、银喉长尾山雀等鸟儿飞到阿米眼前的一棵小榛树上来，叽叽喳喳地叫了一会儿，又一齐飞走了。四周又安静了下来。

阿米捡起身边的一片枯树叶放在自己的手掌上。无论是头上温暖的阳光，还是脚下覆盖着枯树叶的腐叶土，以及环绕阿米四周的守护神似的萌发出新绿的小树，阿米都发自内心地喜欢它们。

对于阿米来说，待在这里的每一分钟都让她感到无比的畅快。就连每一次吸进的空气，她都觉得那么甘甜。今天早上的事情居然会动摇自己的意志，真是不可思议。

阿米这么静静地坐了一会儿，突然想起下午的计划是学习，赶忙站起来，深深地呼吸了一次，才走了回去。

第二天，姥姥在吃早饭的时候忽然想起了什么似的，说道："阿米也可以挑选一块地，种自己喜欢的东西啊。"

阿米一下子没有反应过来,愣愣地瞧着姥姥的脸。

"阿米在姥姥家的院子里或者山上,选一块自己喜欢的地方吧。姥姥把这块地送给阿米。"

阿米正把面包拿到嘴边准备要咬,听了姥姥的话,手就僵在那儿了。这真是让她意想不到的礼物啊。阿米兴奋得呼吸都急促起来。

"要哪儿都行吗?"阿米屏住呼吸问道。她怕把这个好运给吓跑了。

"哪儿都行,除了布拉奇的墓地以外。"姥姥点点头说。

阿米的魂一瞬间飞出了体外,像风儿那样遨游了一遍庭院和山野。然后,她说道:"姥姥,我选好了。那是我最喜欢的地方。"

"这么快?好的,待会儿咱们就去看看。不过,你得赶紧先把早饭吃完。"

阿米哪还有心思吃早饭,不过,她还是规规矩矩地吃完了。然后她把碗筷拿到水槽里,连姥姥的那份也一块给洗了,又用一条毛巾大小的擦碗巾把碗筷仔细擦干净,放进碗橱里。姥姥家的擦碗布都特别大。最后,她把擦碗布洗干净,拧干,叠起来啪啪拍两下,晾在厨房门外面的抹布架上。不过,阿米还没有忘记给阳光房里的那株小小的勿忘草似的杂草浇水。阿米从第一天看到它时就决定要这样做了,这已经成了阿米每天必须做的事情之一。

姥姥正在后院用长剪子咔嚓咔嚓地熟练地修剪着疯长的鼠尾草,一边将剪下来的鼠尾草放进通草蔓编的筐里。别的筐里已经装满了估计是姥姥早饭前剪的薄荷叶。满院子都充斥着薄荷叶和鼠尾草的清香气味。

灶台上,大锅里的水已经开了。

"阿米,去把咱们家所有的锅和盆都拿来。"

阿米走进厨房,抱来了一摞锅和盆。

"谢谢了。把它们都摆在地上。"

阿米摆好后,姥姥从第一个容器开始,依次放入薄荷和鼠尾草,然后浇上开水。

"好了。这就行了。待会儿咱们回来时,薄荷茶和鼠尾草茶就做好了。现在咱们走吧。"姥姥笑着催促道。

阿米一边朝后山走,一边不安地问:"可是,姥姥,做那么多茶干什么用啊?是给我喝的药吗?"

"呵呵呵,不是给你喝的。那些茶都是给我的院子和田地喝的。这茶有防虫药的效用。"

"哦。"

走到鸡笼子附近时,姥姥站住了。指着鸡笼子外面一株昂然挺拔的小草问道:"阿米认识这种草吗?"

"不认识。叫什么呀?"

"它叫白屈菜。看着跟一般的草没什么两样吧?可是它有剧毒,千万要留神。"

"看样子一点都不像啊。这草太普通了。"

姥姥走过去,揪住叶子,猛地一下揪了下来,眼看着从草茎破口处流出了血一样鲜红的汁液。

"记住,千万不要尝这草汁啊。不过,有意思的是,这草汁还是特别好的药呢。尤其对治疗眼病有特效。但是,我再说一遍,千万不要吃进嘴里。"

见姥姥的脸色特别严肃,阿米也紧张起来。

"我绝对不吃,也绝对不碰它。"

姥姥这才露出了一点笑容,说道:"对阿米来说,还是这样比较保险。不过,以后我会把它的药用方法给你详细写下来的。说不定什么时候能派上用场呢。"

已被放出鸡笼子的公鸡一边扒拉着土,啄来啄去地找蚯蚓,一边歪着头不停地瞟着阿米,阿米早就意识到了。

"你好吗?"阿米跟它打了个招呼。公鸡当然没有回答,不过很满意似的眨了眨眼,继续一心一意地啄起蚯蚓来。

"够亲密的呀。"姥姥觉得蛮有趣。

"才不是呢,"阿米学着姥姥,嘿嘿一笑,"一点都不亲密。"

"哎哟哟,"姥姥呵呵地笑了,"阿米也越来越像个女巫喽。"

小树林被日光照得很亮堂,地上零星有点摘剩下的山莓。穿过小树林,翻过小山丘之后,阿米指着杉树林和竹林之间的一块有阳光的空地,对姥姥说:"就是这儿。姥姥。"

姥姥微微含笑,稍稍犹豫了一下后,走进了那块地方。然后,她在一个树墩上坐了下来。

"嗯,这儿的确很符合阿米喜好啊。还有好些老树墩子。你知道吗,就在我和你姥爷将要移居到这里之前,这片树林都被人砍伐光了。之前我们来看房子的时候,这儿还是一片美丽的森林呢,尽管不算很大。看着刚刚被砍伐的散发着清香味的一个个树墩,我真是悲伤极了。不过,现在,这些树墩周围开出了紫花地丁,小树们也在茁壮成长着,枝繁叶茂的。还有野蔷薇。长久以来,我一直不能忘怀当时满目苍凉的景象，为那些树木伤心，所以，从来没有在这里多待过。"姥姥自言自语似的，凝望着远处说道。

"那是多久以前的事啊？"

"差不多四十年了吧。那时候，还没有修那条大马路呢。路很窄，几乎没有什么汽车开过。你看，这里和那片竹林之间有一道坎儿吧。"

"嗯。"

"从那边到这边的杉树林，从刚才咱们穿过来的后院到山丘，还有田地和前院，都是你姥爷买下来的。当时，这一带虽然比现在要偏僻，交通不方便，但是，你姥爷真想把整座山都买下来的。"

"这么说，这块地方就是咱家的边境了吧？从那片竹林往那边就不是咱们的地了吧？"

"对。哎呀，太好了。这么说阿米喜欢这个地方……可是，不知道这儿能不能种庄稼。"

阿米这才意识到问题，心情顿时沉重起来。这么多的树墩，盘根错节的，这块地能耕种吗？不过，要是在这儿种地的话，这儿就不成其为这儿了……可是，阿米太喜欢这儿了。如果姥姥要送给阿米一块地的话，阿米除了这儿之外没有考虑过别的地方。

见阿米沉默了,姥姥安慰她说:"就把这儿送给阿米吧。不过,先不要急着动它。种点什么好呢?对了,可以种些……像山蓟、沙参、龙胆,或者各种紫花地丁那样生命力强又可爱的花草吧。用铁锹就能够移栽的。等到了秋天,就把雪莲的球根像埋宝藏那样四处埋进去就行了。"

阿米听了,觉得眼前豁然一亮。这正是阿米想要的属于阿米的"地方"啊。

"姥姥,太好了。最喜欢姥姥啦。"

"I know。"姥姥眯起眼睛,十分满足地回答。

姥姥管这个地方叫做"My sanctuary①"。往回走的时候,阿米一路上都在想怎么才能让这块地方变得更美好。要不就把在后院里发现的那棵小枫树苗也移过来吧。要是再添上个什么小动物的"窝"就更好了。像小鸟啦,睡鼠啦,都行……啊啊,还是觉得这个属于我的"地方"保持原样最好。

回到后院,只见刚才做好的草药茶已经变成了黑乎乎的

---

① 英语,意为"我的圣殿"。

颜色。姥姥往喷壶里舀了一些药茶，又加了点水，让阿米洒到前院的菜地里去。阿米来回跑了好几趟，洒了好几壶。姥姥拿着另一个喷壶去后院洒药了。洒到紫色洋白菜最外层上的药茶，形成了透明的琥珀色水珠，骨碌骨碌地随着菜叶颤动着。正睡得迷迷糊糊的青虫和蚜虫惊慌得四处逃窜。阿米瞧着这些狼狈出逃的虫子哈哈大笑着，心里却一直想着属于自己的那块地方。啊，那块地方真的成了我的地方了……

直到很久以后，阿米才知道，姥姥真的将那块地方给了阿米，在法律上也办理了手续。结果，她也将姥姥的整个山丘从被开发的洪流中拯救了出来。

阿米每天都是这样干一点活计，然后自由自在地放松一下，将两者有机地结合起来，生活变得越来越有规律，渐渐地形成了一种比较舒服的生活节奏。

虽然阿米觉得女巫修行与自己当初设想的不太一样，不过，这样的生活也挺新鲜、挺好玩的。

每天晚饭后的时间不知不觉间变成了"女巫心得讲座"。看来当女巫必不可少的条件就是要彻底做到"自己决定"。比如说，有一天晚上，姥姥说："阿米把眼睛闭上。"

阿米老老实实地闭上了眼睛。

"想象一下阿米最喜欢的那个大杯子。"

"嗯。"

"想象好了吗？是不是感觉一伸手就能真的摸到杯子？"

"什么？那不可能。"

平时阿米那么喜欢那个杯子，却怎么也想不起杯子的细微部分了。

"可能的。诀窍就是，将你快要醒来时的感觉，也就是从梦境进入现实的那一刹那间的感觉切实变为自己的东西。以后，你试试每天早晨就在那个瞬间捕捉一下这种感觉。下一步，要训练能够看到自己想要看的东西。最开始练习的时候，杯子啦、苹果啦，用什么东西练习都行。等过了这关之后，就要训练自己去看那些看不见的东西。比如说你想要看看这个盒子里装着什么，就要训练到自己真的能够看见的地步。当然要达到这个程度需要很长的时间。不过，要注意一点，最重要的是自己想要看什么、想要听什么的意志。自己不想看却看到或不想听却听到了什么是非常危险的、不愉快的事，不是一流女巫所为。"

那么，姥姥的祖母所体验的那次白日梦到底是怎么回事呢？阿米产生了疑问。姥姥好像看穿了阿米的心思似的，接着说道："我的祖母并不是一个自觉的女巫。起码最开始是这样。所以，在没有任何精神准备的情况下，突然看到了那些情景，对于祖母来说是一件痛苦的事情。经过训练的女巫不会有这样的感觉。她们能够看见自己想要看见的东西，能够听见自己想要听见的东西。凡是符合事物发展规律的正确的愿望都会像指引方向的光亮那样，一一得到实现。那是一种非常了不起的能力。"

阿米觉得姥姥说得太对了，那种能力真的是非常了不起。她什么时候才能获得那种能力啊？难道说姥姥真的具有那种超能力吗？

"姥姥有超能力吗？"阿米不禁问道。

姥姥又浮现出了她那特有的女巫似的笑容。

"先不说有没有这种能力，我从不做这类事情。因为没有什么必要。"

"为什么呀？"阿米大声问道，对姥姥这句意料之外的回答大惑不解。

"这个嘛……"

姥姥把目光从阿米脸上稍微移开，边想边说："每天早晨我不是都要早起吗？有的季节，天亮得晚，院子里还是黑乎乎的呢。有的季节，像现在这样，天已大亮了。我感受着清爽的空气，心里想，新的一天又开始了，然后就去院子里欣赏花草树木。有时候会发现一些意想不到的植物不声不响地从地里长出了嫩芽，或者看着可爱的花骨朵一天天绽放，还可以看到托着朝露的翠绿色嫩叶绿莹莹地闪烁着。院子里的景色每天都发生着变化。然后我就开始干活。我喜欢过这样的每一天，没有其他的奢望。能够预知未来，就会夺去我对于未知的期待，因为未知能给我带来惊喜。所以我不需要这种能力。"

"但是，我可不能永远过这样的生活啊。"

"为什么呢？"

"啊？"

阿米一下子被问住了。这还用问吗？姥姥干吗问这么不着边的问题呢？

"因为，我不是还得上学吗？还有……"

"阿米一直在这里住下去也完全可以呀。阿米要是愿意这样的话，我去跟你妈妈说。"姥姥像哄孩子似的，温柔地说道。阿米听了目瞪口呆。

阿米压根就没有想过在姥姥家一直这么住下去。这就好比一个孤独的旅行者，在荒野里顶着狂风暴雨走了好远的路，走得筋疲力尽时，终于发现了一户人家；进屋之后，又有暖烘烘的火炉子，又有冒着热气的美味饭菜，热情的主人还笑容可掬地对他说："你可以在这儿住下去，不用再出去挨饿受冻了。"

听姥姥这么一说，阿米觉得浑身的力气一下子都跑光了。她一直以为自己早晚还得回到原来的生活中去。所以，怎么说呢，自己一直保持着准备迎接战斗的架势。

"可是，我不回去的话，妈妈一个人太孤单了……我当然特别喜欢跟姥姥一起生活，可是……"

"明白了。要是这样的话，阿米就需要女巫修行了。"姥姥刻不容缓地回答，然后冲阿米甜甜一笑。

直到过了很长时间以后，阿米还是觉得这番对话不可思议。当时她为什么没有选择在姥姥家住下去呢？那可是荒郊野外中唯一的避难所啊。至少可以说一句"让我考虑考虑吧"。

而阿米却急扯白脸地当即拒绝了姥姥的提议。其实妈妈只不过是个借口。阿米觉得姥姥心里可能也有数。

因为阿米的内心和身体都在拒绝解除备战状态,转入安稳的生活。这到底该归结于自己身体太健康了,还是性格有问题呢?等长大了一些后,阿米还是没有弄明白。

阿米为自己拒绝了姥姥的提议感到挺内疚,就讨好似的问姥姥:"姥姥跟谁学女巫修行的呀?"

"跟姑妈学的,和我妹妹一块儿。妹妹学得比我好。她喜欢学这些,也有天赋。"

姥姥的妹妹阿米也知道一些。每年她都给阿米的妈妈寄来圣诞贺卡,每次都要附上一句"问阿米好"。这么说她也有超能力吗?姥姥的亲人远在英国,对阿米来说只是个很模糊的存在,而现在距离仿佛一下子被拉近了。

"我妹妹现在还靠它为生呢。"

"姥姥真的没有让这种能力在平时的生活中发挥过作用吗?"

姥姥嘴角稍稍翘起,静静地笑了。然后,她凝视着远处说道:"是啊。只有一件事,我知道什么时候会发生。"

"什么事?"

"这—是—秘—密。"说完,姥姥冲着阿米挤了个飞眼。

"姥姥这么一说,我就更想知道了。姥姥刚才不是说,用不着事先知道会发生什么事的吗?难道这件事特别?还是说知道什么时候发生的话,有什么用?"

"怎么说呢?这事还真让我着急啊。"

"到底是什么事呢?"

"以后,该知道的时候阿米就知道了。"

过了两年后,阿米真的知道这是件什么事了。

阿米来姥姥家三个星期后的一个早晨,发生了一件事。阿米像往常一样,一大早就迷迷糊糊地去鸡笼子里掏鸡蛋。

阿米至今还记得当时院子里异乎寻常的安静,这静寂使得还没有完全清醒的阿米有种不祥的预感。

四周的景物仿佛都憋着气,静静地守候着什么似的,她越接近鸡笼子,这种异样的感觉就越强烈。当鸡笼子一进入阿米的视野,就有个声音厉声命令阿米"不要看"。可是,阿米的视线宛如拍摄纪录片一样,已经将那一瞬间的影像深深地刻印在了脑子里。

散落一地的鸡毛、戴鸡冠子的鸡头、白眼珠、鸡爪子,还有带着羽毛的肉块。

阿米刹那间停止了呼吸,紧接着发出了一声歇斯底里的尖叫,仿佛拼命想把自己拽离那个地方似的。然后,她撒开腿就往回跑。姥姥吃惊地从厨房里跑了出来。

"怎么了?"

"鸡……"

阿米双手捂住了脸,心想,这可不行,我被吓破胆了。此时,好像有一双冷静的眼睛在注视着阿米的表现。

"哦——"姥姥似乎什么都明白了,"你进屋去吧。"

阿米逃也似的进了屋,朝煤气炉上瞅了一眼,平底锅下面的火已经关上了。行啊,姥姥还真行。现在,该专心考虑怎么应对这事了……阿米听见从远处隐约传来这样的指令。

姥姥给阿米喝了一口热牛奶,说道:"以前也发生过这类事,可能是野狗或者是黄鼠狼干的吧。布拉奇活着的时候……"

姥姥给水壶下面打着了火,来到外面,一边摘薄荷叶一边说:"一次也没有过。"

姥姥简单地洗了洗薄荷叶,放进茶壶里,倒入了开水。

"姥姥,我什么也不想吃。今天不吃早饭了。"阿米无力地说。姥姥同情地看了一眼阿米。

"也好。那就喝杯茶吧。"说着,姥姥用阿米的大杯子倒了些薄荷茶来。

阿米喝了一口薄荷茶。这茶才是最理解自己的,阿米一直这么认为。她觉得从中可以获得安慰、镇定和鼓舞。

"我得请源治来帮忙修补一下鸡笼子的铁丝网……"

阿米一听,顿时感到肩头沉重起来。源治要来。唉,连薄荷茶的魔力也不管用了。

姥姥吩咐阿米上午要打扫房间,说完就出去收拾鸡笼子了。

阿米打算从楼上自己的房间开始打扫,便拿着簸箕和扫帚慢腾腾地上了楼。她先在摊开的书里夹上书签,放回书架上。又照姥姥教给她的那样整理好床铺之后,罩上床罩。然后她打开了窗户,看见姥姥正在打扫鸡笼子。

现在回想起来,半夜里阿米似乎听到了鸡叫唤的声音。不过,以前夜里鸡也经常这样乱叫,阿米就以为那些鸡大概是睡迷糊了,瞎闹腾,要不然就是野猫来附近转悠什么的呢。听姥姥说,最近常有人把不想养的猫扔到这一带来。不过,这回鸡叫的声音好像跟以往不大一样,是那种临死前的惨叫声。可是我怎么就没听出来呢?姥姥的卧室朝前院,听不见什么声音,我应该能够听见的呀。可现在后悔也晚了,我再也听不到那只公鸡打鸣了。以前,每天天不亮,阿米还在半梦半醒中，总能听见它那喔喔的叫声。

阿米越想越难受，泄愤似的把扫帚伸进床底下，奋力打扫起来。打扫完自己的房间后，阿米打开门，去对面房间打扫。

姥爷房间里充斥着落满灰尘的旧书的味道，时间仿佛停滞了一样。除了进门那块地方有差不多一人高以外，越往里顶棚越低，所以，这个房间几乎无法用来住人。

从窗户可以看见前院。橡树的树梢近在咫尺，它那苍郁的绿色浑厚而深邃，给人以安全感。窗台上那块发出奇异光辉的石头是姥爷跟姥姥去英国时得到的夜光石。它本身虽然是绿色的，却发出青白色的光。矿石是姥爷的最爱。

墙上的储物架是用几条横板随意搭成的。上面杂乱地放着很多矿石：既有像一把小剑般尖利的辉安矿结晶，像一块碎冰片一样的水晶，也有云母和石英混合形成的花岗岩，以及其他阿米叫不上名字的红色、青色、绿色等五颜六色的石头。地上到处堆着放不进架子的书籍。

姥爷去世后，姥姥一直保持着房间的原样。

阿米打开窗户，简单地清扫了地面后，下楼来，拿了一桶水和抹布，再次上楼去，把桌子和储物架擦干净。楼下的起居室和姥姥的卧室也照这样打扫了一遍。最后把厨房的椅子全都倒放在桌面上，用拖布擦了地板。

全部打扫完了之后，已经快十二点了。中途，她听见源治说话的声音，大概是姥姥去叫他来的吧，阿米害怕得一步也不敢迈出家门去。

正在阿米洗手的时候，姥姥回来了。

"哎呀，打扫得真干净啊。谢谢你，阿米。午饭怎么样啊，还是没有胃口？"阿米默默地点点头。

"我给你做颜色鲜艳的透明果冻好不好？"姥姥和蔼地说。

下午，阿米本来是想看书学习语文的，可是，注意力怎么也集中不了。从窗户看见鸡笼子的铁丝网已被拆除，感觉畅快了不少。据源治说，野狗或黄鼠狼是从铁丝网下面掏洞钻进去的，所以，至少要深挖三十厘米再加入混凝土才行。上午姥姥说鸡笼子没有多大，大概很快就能完工。今天先挖出沟，明天源治拿水泥来。

阿米放下书，走到外面来。她想要去自己的"地方"，可是，那个鸡笼子是必经之地。她心里很伤心，但还是鼓起勇气朝那边走了过去。拆下来的破铁丝网乱堆在白屈菜上，把它们都压瘪了。阿米心想，他怎么不看地方，随便乱放啊。

虽然阿米心里想要赶紧走过去，却身不由己地停住了脚步。到底是什么动物，又是怎么把鸡笼子给弄破的呢？昨天这些鸡还活蹦乱跳的，又是下蛋，又是吧嗒吧嗒地呼扇着翅膀，到处啄蚯蚓，可是今天它们就像一堆没有生命的东西一样被扔在地上。一想起那副惨景，阿米心里就充满了难以形容的痛苦和悲伤。

忽然，她看见铁丝网上沾着一撮浅茶色的毛。这是黄鼠狼的还是狐狸的毛呢？或者是野狗的？阿米分辨不出来。可一想到这撮毛曾经长在那只可恶的动物身上，阿米就气得冒火，同时也感到百思不解。反正，有这么个动物光顾了这里，在这里上演了悲惨的一幕是千真万确的。这撮毛就是证明。啊，面对不速之客的突然袭击，同样受到惊吓的那只高傲的公鸡，为了保护母鸡们，与入侵之敌不知进行了怎样殊死的搏斗啊！

阿米咬着牙根，走了过去，然后直奔阿术的"地方"，在那个她一向偏爱的树墩上坐下来，纷乱的心绪这才稍稍平静了一些。可是，没多大工夫，她就觉得周边的景色和以往不大一样了。

最开始,还只是一些没有什么含义的细碎声音,像树叶的摩擦声、树枝或树叶的坠地声、远处隐约传来的汽车声等。可是,阿米心里那根变得敏感起来的天线已经偏离了阿米的控制,从这些杂沓声中捕捉起意义来了。

此刻,阿米恍惚觉得眼前那些树皮凹凸不平的橡树、对面竹林里即将枯死的竹子、葛叶覆盖着的灌木丛等都发出了嘈杂的声响,仿佛在窃窃私语着什么。阿米的天线是这样接收的:

——昨天晚上的、昨天晚上的、那个惨剧。

——划破黑夜的凄惨叫声。

——啊,讨厌死了,讨厌死了。

——有肉体的活物让人讨厌。

突然间,天空黑了下来,呼地刮过一阵大风,树叶齐刷刷地翻出了白色的背面。嗖、嗖、嗖、嗖,乌鸦扇动着有力的翅膀,擦着阿米的头顶飞过。阿米忽然害怕起来,一口气跑回了姥姥家的厨房。

这天晚上,阿米提出要跟姥姥一起睡,姥姥说:"欢迎啊。"

姥姥的房间是和式的，睡觉时在榻榻米上铺上被褥。姥姥在自己的床铺旁边铺上了阿米的被褥。阿米拿来两张床单，一张铺在褥子上，一张用来包衬被子。自从跟姥姥学会了整理床铺后，阿米就添了这么个毛病。

阿米一钻进被窝，姥姥就关了灯，只留了枕边一个小台灯的亮光。然后姥姥自己也钻进了被子里。阿米抢在姥姥说晚安之前，赶紧跟姥姥说起话来。是关于今天在那块自己最心爱的地方遇到的可怕的一幕。听阿米讲完了以后，姥姥说："不用害怕。这都是因为阿米今天心情波动很大，才会这么感觉呀。这种事不用放在心上。要把它忘掉。"

"为什么呢？"

"很简单，那些声音不是阿米心里特别想要听到的声音吧。要是把这种貌似不可思议的体验当成宝贝的话，以后你就会永远被它们牵着鼻子走的。不过，也不要觉得什么都可怕。这种心理也会对你产生不良影响的。只要高高昂起你的头就行了。"姥姥说着，抬起了下巴。"要把它忘掉。高水平的女巫绝不会因为外界刺激产生心理波动的。"

我这辈子都做不到。阿米想。

不过，这个还是次要的，阿米另有一个问题现在必须要问问姥姥。这是几年来一直困扰阿米、使阿米感觉恐怖的一个问题。一到晚上,无论阿米怎么努力不去想它,可它总是在脑子里盘桓不走。阿米觉得自己就像被吸进了一个无底洞,吓得想要叫喊。这种情况已经有好几年了。

"姥姥。"阿米低声叫道。

"什么?"姥姥低声答应。

"人死了以后会怎么样啊?"

姥姥听了,先是怪声怪气地哼哼了两声,然后叹着气说道:"不知道啊。说实话,因为我还没有死过呢。"

阿米感觉紧绷的神经奇妙地松弛了下来,继而觉得特别可笑,忍不住吃吃笑了起来。她本来没想笑的。

"姥姥怎么这样啊……"

姥姥也笑了。"虽然我还没到时候,不过经历过你姥爷的死,还受过女巫训练,所以,有关知识还有一点。而且,到了我这个岁数,已经开始把死这码事纳入日程了。"姥姥瞧着阿米,挤了挤一只眼睛。"这么说吧,我大小也算得上是个 expert[①] 呢,阿米运气不赖啊。"

[①] 英语,意为"专家"。

"是啊。比起爸爸来,姥姥好像更有知识啊。一开始问姥姥就好了。"

"也问过爸爸吗?"

阿米沉默了片刻,说:"嗯。好几年前了。"

"爸爸怎么说的?"

阿米又沉默了。她想要开口,可心里难过得要命,带着哭腔诉说起来:"爸爸说,人死了就再也没有以后了。还说,人死了就什么都不知道了,连自己这个人也没有了。还说,一切的一切都没有了。我问,我死了以后,早晨太阳还照样升起,人们还继续他们的生活吗?爸爸说,当然啦。"说到最后,阿米竟然号啕大哭起来。

一直默默地听着阿米诉说的姥姥,掀起被子的一角,柔声地对阿米说:"阿米,到姥姥这儿来。"

阿米呜呜地哭着,钻进了姥姥的被窝里。姥姥抚摸着阿米的后背,问道:"所以,阿米才一直不开心的,是吗?"

阿米放声大哭起来,作为回答。

姥姥摩挲了一会儿阿米的后背,等阿米的哭声渐渐变成呜咽之后,声音轻柔地说道:"姥姥给你讲讲,姥姥所相信的人死了以后的事吧。"

阿米也轻声地"嗯"了一声。

"姥姥认为人身体里有一个叫做灵魂的东西。人是由身体和灵魂这两种东西组成的。灵魂是从哪儿来的,姥姥也说不大清楚。当然有各种各样的说法,不过,姥姥觉得,身体只是在从出生到死亡这个阶段与人相伴,而灵魂还必须继续它更长久的旅行。投生到新生婴儿崭新的身体里的灵魂,早就已经存在了。当灵魂从一天天变老的用旧了的身体里离开之后,它还要继续它的旅行。姥姥认为,所谓死亡,就是灵魂从束缚它的身体里脱离,变得自由自在了。获得了自由以后,它们不知有多舒服、多开心呢。"

"那……我身体里的灵魂就是我吗?"

"阿米的身体和灵魂合在一起才是阿米呀。"

阿米思索了一会儿,还是不太明白:"那么,我现在这样思考,这样喜悦或悲伤的意识会变成什么呢?我最害怕的就是它会消失不见。"

"阿米,姥姥刚才说过,高水平的女巫是不受外界刺激影响的吧。不过,要完全做到这样是不可能的。确切地说,应该是水平越高的女巫,对外界刺激的敏感度越低。因为只要是有肉体的人,受了伤都会觉得疼,被传染了感冒发起烧来，都会意识模糊。如果吃的东西没有了，肚子饿了的话，有的人就会发脾气……"

"我有时候也会这样。"

"是吗？最近还听人家说，要是身体缺钙的话，人就会焦躁不安，这你知道吧。这也是因为有身体的关系，可见身体会对意识产生影响的啊。"

"所以才说我是身体和意识的合体吗？"

"对呀。就是说，死亡就是身体那部分没有了。所以怎么能说死了以后阿米还跟现在的阿米完全一样呢？"

"那么，那些女巫从活着的时候就在进行死亡训练了？"

"是啊。就是为了活得更充分才进行死亡训练的。"

阿米沉思了一会儿，又问："看来有身体也不算是件好事啊。就好像为了受苦才需要身体的。"

阿米想起了那些可怜的鸡，它们的肉体被咬得七零八碎的，无能为力地化为物体，散落一地。

"那些鸡真是怪可怜的。"姥姥也难过地说。阿米很诧异，姥姥怎么会知道我心里在想什么呢？不过，现在顾不上问这些了。

"即便遭受那样的伤害，也需要身体吗？"阿米的口气就像在质问。

"那些鸡有那些鸡的具体情况吧。灵魂必须具有身体才能够体验事物,只有通过体验,灵魂才能够成长啊。就是说,能够投生到这个世界上来,是每个灵魂求之不得的 big chance①。因为它得到了成长的机会。"

"成长什么呀,"阿米莫名其妙地生起气来,"不成长也行啊。"

姥姥为难地叹了一口气:"你说得没错。不过呢,这就是灵魂的本质,没有办法啊。就像一到春天,种子就会发芽,然后受到光合作用生长一样,灵魂也想要成长的。"

阿米还是没有完全想通。不过,现在她感到长时间以来压在自己心里的一块大石头终于被搬掉了,仿佛开启了另一扇门,心情豁然开朗了。

"而且,有了身体,令人愉快的事情也有很多很多啊。阿米每天晚上躺在薰衣草香味的被子里时,不觉得幸福吗?寒冷的冬天,在太阳地里晒着暖融融的太阳;炎热的夏天,在树阴里感受着惬意的凉风时,你不感到幸福吗?当你第一

---

① 英语,意为"大的机会"。

次能够自己翻上单杠时,难道没有感到身体受到自己支配的喜悦吗?"

姥姥说的实在无法反驳。阿米噘着小嘴,点了点头,算是回答。姥姥一边笑,像是在说"你该想通了吧",一边说道:"今天晚上就到这儿吧。晚安。"

第二天早上,阿米睁开眼睛,一时间不知道自己躺在什么地方,但很快想起来了,往身边一看,姥姥已经起床了。昨天夜里说了那么长时间的话之后,阿米还翻来覆去地琢磨了好久,结果很晚才睡着。一看表已经七点半了。阿米慌忙爬起来,跑去了厨房。

"早上好。姥姥。"阿米跟姥姥问了声好,便习惯性地要去拿那个铝盆。

"哦,阿米……"姥姥摇了摇头,脸色很不好看。

"啊,我忘了。"阿米这才想起来,今天是昨天的延续。

姥姥正在熬粥。阿米擦了桌子,摆好了两副碗筷。姥姥盛了两碗粥,放在托盘里端了过来。

"结婚后,我第一次做粥的时候,放了好多糖,做得特别甜。因为我想要做得更好喝一些。"

阿米惊讶得张大了嘴巴:"为什么呢?"

"英国也有那种做法的甜食啊。你姥爷感冒了,想要喝粥,还告诉我,粥就是把大米煮成黏糊糊的东西,我就说,哦,那我会做……"姥姥嘻嘻地笑着,继续说下去,"我往米粥里加入了葡萄干啦、牛奶啦等好多东西,给他端了过去。还按照你姥爷的吩咐,在最上面放了一个咸梅干。我自己也觉得有点不对头,可是……"

"姥爷吃了吗?"

"吃了。也许是觉得不吃不太好,也许是正发烧呢,嘴里尝不出什么味儿吧,反正硬着头皮给吃下去了。"

"姥爷脾气真好。不过,看姥姥现在的样子,已经像个地道的日本人了。真想象不出还有过那样的时候啊。而且姥姥说日语说得比我还要好……"

"锻炼,锻炼。阿米的女巫修行很快就会成功了。"

姥姥高兴得呵呵笑了起来。阿米的心情也比昨天好多了。粥也很好喝。

"姥姥,昨天夜里,我做了个怪梦。"阿米忽然想起了那个梦,一边喝粥一边说。

"什么梦?"

"梦见我变成螃蟹了。我还是刚出生的小螃蟹时,身子软软乎乎的,觉得倍儿舒服,等到一点点长大后,身子也变得越来越硬了。我刚一想,啊,完蛋了,就开始脱皮了。我猜这怪梦可能跟以前我养过小龙虾有点关系,我瞧见过小龙虾脱皮呢。"

"脱了皮以后,阿米感觉怎么样啊?"姥姥逗趣地发问。

"就跟好多天没洗澡了,泡了个舒服的热水澡似的,那叫一个爽快。然后呀,我还想呢,啊啊,人死了以后,灵魂离开身体的时候,就是这么舒服吧。"

姥姥闭上眼睛,感慨地说:"这可真是个幸福的梦啊。"

"嗯,觉得可放松了,"阿米也认真地点点头,又问道,"可是,人死了以后到底是什么样的,我还是搞不太清楚。"

"姥姥要是死了的话,一定通知阿米,好吗?"姥姥很随意地打了个保票。

"嘿,真的?"阿米立刻兴奋起来,马上又不好意思地说,"那个,其实也不用那么着急,我只是……"

姥姥放声大笑起来,阿米从没见过姥姥这么笑过。

"我明白。我会选择以不吓着阿米的方式,给阿米留下一个证据,说明'灵魂真的离开身体了',好不好?"

"好。拜托了,"阿米深深地低头表示感谢,"不过,我倒不害怕姥姥的幽灵。只要不在我半夜去上厕所的时候来找我就行。"

"嗯,我考虑考虑。"

姥姥像个女巫似的嘿嘿一笑。

这时,起居室那边的电话铃响了。

"这个时间的电话,一定是妈妈去上班之前打来的。"姥姥说着站起来,快步走去接电话,阿米也跟在姥姥身后。"喂喂……是啊,估计是你打来的,我刚才还和阿米说呢。"

姥姥朝阿米挤挤眼睛,意思是"怎么样?猜对了吧"。

"……啊,我很好啊。有阿米在,每天都快乐极了。昨天晚上我们俩一起睡的。……呵呵,你小时候……哎呀,真的吗,哎哟哟……你等一下啊。"

姥姥把话筒递给了阿米。

"啊,妈妈!嗯,没事,没有耽误。……什么?爸爸要来?为什么?……嗯——……没什么,挺好的……嗯。明白了。好的,你上班去吧。"

阿米放下了话筒。然后，眼睛瞪得圆圆的，瞧着姥姥的脸，说："妈妈说爸爸要来。"

姥姥也跟着瞪圆了眼睛，对着阿米的耳朵悄悄说道："昨天晚上说他的坏话，被他听见了吧？"

阿米和姥姥一边聊着爸爸，一边回到了厨房。

"没准是专门冲我来的吧？"

"听你妈妈说，你爸爸上次连休没有休成，这次是公司给补的假。"

"不过，妈妈说还有一个星期呢。"

"到时候做点什么好吃的呀？没有了鸡蛋，总觉得缺少了点什么。"

"没那么严重吧。"

这时，阿米听见外面传来脚步声，从窗户往外一看，原来是源治扛着一袋水泥走进院子来了。阿米不由得一缩脖子。姥姥也听见了声音。

"哎呀，是源治啊。真早啊。"说着，姥姥赶紧出去追源治。

阿米磨磨蹭蹭地收拾了碗筷，像以往那样给阳光房里的小小的勿忘我似的杂草浇了水。阳光房四面都是透明玻璃，只有这株小草周边的玻璃，溅满了泥点，跟毛玻璃差不离了。

对了，就管这小草叫"小勿忘我"吧。阿米做出了这样一个决定。据阿米所知，对于相似植物的比较小的一方，一般就在那个植物名字前面加上一个"小"字。

阿米听见有人从鸡笼子那边走过来了，慌忙躲进了屋里。原来是源治，大概是去取什么忘带的东西吧。他摇晃着肩膀走远了，就像一座小山在移动似的。

他走过去以后，浑身散发出难闻的腥臭味，熏得植物们都在沙沙作响，经久不散，就跟鼻涕虫爬过后会留下醒目的一条白道道似的，恐怕要等到被冰凉清净的夜露打湿，再经过早晨清洁的阳光晒干才行。阿米厌恶地想着。

又响起了脚步声，大概是源治回来了。阿米立刻转移到了起居室里，关上门，拉上窗帘，俨然要坚守城池一般。

大白天拉上了窗帘的起居室，恍如变了个房间。阿米躲在里面，以极大的耐心等待着暴风雨过去，也等待着姥姥来搭救她。她一动不动地待着，喉咙里呼噜呼噜地发出了响声，不使劲就呼不出气来。哎呀，又犯病了。没想到白天也会这样。也许是房间里太黑了，身体搞错了，以为现在是夜晚吧。阿米像蚕茧似的缩成一团，纹丝不动地感受着身体的状况。

"哟，你在这儿呐。"

门开了，光亮跟着姥姥一起进来了。

"本来想请源治来屋里喝杯茶的……"

"我觉得不舒服，可以去休息一会儿吗？"阿米惊慌地说。

她并没有撒谎，只是顺序颠倒了一下罢了。并不是因为不舒服了才待在这里的，而是闷在这里才不舒服的。不过，这个说不说问题不大吧。

"哎呀，那你赶快去房间里躺着吧。……暗一点舒服？窗帘都给拉上了……"

姥姥担心地走过来，把手放在阿米的额头上。

"好像没有发烧。"

"又呼哧呼哧地喘起来了。"

姥姥皱起了眉头。

"是不是窗帘上灰尘太多了？"

"没关系的。过一会儿就好。"阿米有气无力地说着，上阁楼去了。

"啊，对了，对了。源治送来一些鸡蛋。回头再吃吧。"姥姥从楼下朝阿米大声说道。

阿米在楼梯上停下脚步，冷淡地说了一句"我不吃"，就进了自己的房间。

房间里阳光很好，大白天躺在干爽洁净的床上，阿米觉得特别惬意。而且待在这里的话，阿米就不会和源治那家伙碰面了。只要阿米不走到窗边，不往鸡笼子那边瞧就行。喉咙里的呼噜声渐渐好一些了。再加上昨天晚上睡得太晚了，阿米真的睡意蒙眬起来。

再次睁开眼睛的时候，房间里已经开始暗下来了。一瞬间，阿米辨不清是早上还是中午了。啊，对了，刚才午睡了，睡得时间还真不短呐。阿米终于想起来了。不禁感到一阵孤独和寂寞，仿佛这个世界就剩下自己一个人了似的。啊，又开始想家了。阿米已经准备应付它了。不管怎么着，还是先去找姥姥吧。

姥姥正在厨房里煮着什么，锅里咕嘟咕嘟地响着。阿米安心了，叫了一声："姥姥。"

"哟，吓死我了，"姥姥回头说道，可是脸上根本看不出吓了一跳的样子，"睡够了吗？阿米。刚才看你睡得很香，就没有叫你……"

姥姥关上火,走到阿米的身边。

"睡得特别香,感觉松快多了。已经没事了。昨天夜里想得太多,睡得太晚,几乎没怎么睡着。"

"那可太好了。只是,白天睡多了,晚上会睡不着的。"姥姥胡噜着阿米的头发说。

"昨天是因为想得太多了。以后不会睡不着了。"

"那可太好了……"姥姥重复了一遍,微微一笑。

又过了两天,姥姥非常满意地对阿米说,阿米已经找回了以前的生活节奏,从女巫修行的角度说,算是上了轨道了。即便多少偏离一些,只要一启动让自己恢复原状的意念,那也毫无问题。

后来,阿米又去了一次那个地方,这回和以前一样了,是一小块非常舒适而可爱的地方。在那里,阿米总能感受到对自己充满善意的、将自己暖融融地包裹起来的某种"地方的意志",使阿米感到非常安心。上次感受到的那种莫名其妙的恐怖一定是自己搞错了。阿米这样想。

姥姥说过,一旦听见不是自己特别想要听见的声音,就不要去听。可是,我究竟有没有发自内心地想要听过什么声音呢?那种瘆人的声音,我怎么可能想要听呢……难道说,没有这种能力的话,就不能成为真正的女巫?

鸡笼子虽然修复了,但里面还没有养鸡。

吃早饭的时候,姥姥说,要是想养鸡的话,源治会跟朋友找几只矮种鸡来。可是阿米表示,暂时不想看见鸡。其实阿米最介意的是"源治会来"这件事。

"姥姥要是想养,就养吧。"

为了姥姥,阿米觉得这点不快还可以忍受。

"是啊,那件事刚发生没多久,再给它们服几天丧吧。"

服丧,这个词阿米第一次听到,但意思大致能猜到。她觉得这个词与自己的感觉很吻合。

阿米收拾了碗筷,正要站起身,姥姥从抽屉里拿出了一个信封:"啊,对了,回头姥姥收拾吧。阿米现在去源治家一趟,把这钱交给他。"

阿米觉得心脏仿佛一下子冻结了。她默默地把碗筷放在桌子上,接过了信封。

"现在去?"阿米闷闷不乐地问。

"是啊。趁源治出门之前去比较好。"

阿米觉得姥姥完全没有注意到自己此刻的心情。这回算逃不掉了。阿米虽然死了心，心情却很沉重。

今天外面的风很大，阿米穿过前院时，沙尘随风飘舞着。这也是修行之一啊。无论什么人都动摇不了我的决心。阿米想要使自己放松下来。这就跟吃饭、打扫卫生、洗衣服一样，是日常生活中的一部分。她按照姥姥的吩咐去给蔬菜浇水，按照姥姥的吩咐去送信，都是一样的。源治家马上就要到了，把信封给他就交差了。

两辆开得飞快的汽车一前一后疾驶而来，阿米在马路边站住了。她感觉最左边的那根电线杆下面还飘散着那股阴湿的气味，不禁产生不快的感觉，但阿米对自己说，必须努力抑制这种支配自己的情感。因为这就是女巫修行。

汽车开过去了，阿米确认安全了之后，就像脱了缰的马一样飞快地穿过马路，走进了源治的家。

"早上好。"阿米大声朝屋里喊道。

关在储藏室和卜房之间过道上的几条狗一齐叫了起来。在过道入口有一个铁栅栏，好几只狗挤在铁栅栏边上盯着阿米。阿米从玄关外面能看见屋里破烂不堪的拉门和晒得发黄的旧榻榻米。屋里有两个男人，他们满脸惊讶地瞅着阿米。其中一个就是源治。另一个人和源治长得很像，阿米不认识。

"啊，这个……"阿米站在玄关的门槛边上，把信封递了过去。

源治站起来，接过信封，看了里面之后，"哦"地咕哝了一声点点头。意思是"我收下了"。

里面那个男人问道："谁家的孩子？"

源治拿着信封，进屋里去了。

"是那个外国人的外孙女。逃学跑这儿来的。"

"这不跟你一路货吗？"

两个人嘎嘎地大笑起来。屈辱和愤怒与压抑它们的力量一瞬间交错在一起，使阿米的脑子乱成了一锅粥。先回家再说，刚一转身，一团被风刮在院子角落里的浅茶色毛映入了阿米的眼帘。阿米不知为什么，直到走出那家的院子，眼睛一直没有离开那团毛。

阿米看都没看就跑过了马路，幸亏当时没有车开过，算是阿米的运气好。在回到姥姥家的厨房之前，阿米终于想起来那团似曾相识的毛在哪儿见过了。它和鸡笼子上沾的毛一模一样。阿米的心里刷地闪过了一个灰暗的结论。

"辛苦了。"

姥姥正在晾抹布。

"姥姥,他们家狗身上的毛跟前几天鸡笼子上沾的毛一模一样。"阿米气喘吁吁地飞快地说道。

姥姥啪啪地拍打着抹布,慢悠悠地问道:"鸡笼子?"

"就是前几天,咱家的鸡被吃了那次,沾在铁丝网上的毛呀。那个浅茶色的……"

"黄鼠狼的毛是浅茶色的呀。"

"不对。我觉得肯定是他家的狗的毛。就是他家的狗夜里跑出来,偷吃了咱家的鸡。"阿米呼哧呼哧喘着粗气。

"可是,阿米也没有亲眼看见呀。"

"不用看也知道。"

姥姥叹了一口气。

"阿米,你先坐下。"

阿米坐在餐桌前。姥姥也在她对面坐了下来。

"听我说,阿米,这是女巫修行中最重要的一课。虽然女巫一定要重视自己的直觉,不过,也不能被直觉所左右。那样的话,就会陷入强烈的偏执和妄想之中,人就会受其支配了。直觉就让它作为直觉埋藏在心底吧。事情慢慢地就会真相大白的。这样的经验反复多次之后,就能够体会真正的直觉是什么感受了。"

"可是……"

"阿米觉得自己所想的就是真实的吧。"

阿米点点头。

"许多水平不高的女巫就是被自己制造出来的这些妄想所控制,最终毁灭了自己的。"

阿米一瞬间对姥姥产生了一种敌意。这敌意就像黑暗中白晃晃的利刃般一闪而过。

姥姥好像看透了阿米在想什么似的,两手握住了阿米的双手。

"阿米,你一定要明白,这是非常重要的。姥姥并不是批评阿米说的不是事实,阿米说的可能是正确的,也可能是不正确的。但是,问题的关键并不在于追究这件不可能挽回的惨剧的真相,而是阿米的内心正逐渐被困惑和憎恨所控制这一点。"

"我觉得……只有真相弄清楚以后,我才能从困惑和憎恨中解脱出来。"阿米反驳道。

"是这样吗?我倒觉得那样的话,你只会被新增加的困惑和憎恨所支配啊。"姥姥温柔地抚摩着阿米的手。"你不觉得这种能量会把人弄得筋疲力尽吗？"

阿米使劲地咬着牙，然后仿佛被驱除了什么附了体的东西似的，松懈了下来。突然说道："是这么觉得。"

阿米感觉到了极度的疲惫不堪。

"My dear①。"姥姥隔着桌子伸过手来，摸了摸阿米的脸蛋。

---

① 英语，意为"亲爱的"。

爸爸来了。自正月以来，阿米和爸爸还是第一次见面。她既羞涩又兴奋，不过，最担忧的还是爸爸对自己现在的状态怎么看。

爸爸开车进来的时候，阿米正好在前院里。爸爸看见了阿米，高兴地下了车。

"呀，阿米够精神的呀。"

阿米放下手里的喷壶，朝爸爸跑来。

"爸爸，公司放假了？"

爸爸伸了个大大的懒腰。爸爸个子很高，身材修长，不过显得有些单薄。

"嗯，这假放得真是时候。托阿米的福，可以好好休息休息了。"

"姥姥在厨房呢。"

"好，走吧。"

爸爸把手搭在阿米的肩头，朝厨房走去。阿米觉得爸爸的手很重，便有意快走了几步，脱离了爸爸的手掌。

姥姥正在厨房里揉着准备做苹果派或者什么点心的面团。

"啊，你来啦。累了吧。"

"一到这儿来就放松多了。阿米让您费心了。"爸爸低头道谢。

姥姥将揉好的面团十分麻利地用湿布包上，放进了冰箱里。然后，她洗了手，给水壶灌满了水，打着了火。

"自从阿米来这儿以后，每天都特别愉快。我真希望阿米一直在这儿住下去……"

姥姥嘿嘿一笑，看着阿米和爸爸的表情。

阿米知道姥姥是故意这么说的，所以，偷偷瞅着爸爸的反应。

爸爸虽然在笑，但笑得有些勉强。

"爸爸，礼物呢？"阿米看着爸爸拿着的纸袋问道。

"啊，对了，瞧我都给忘了。这是你妈妈给你的。"说着，爸爸从纸袋里拿出了巧克力和曲奇罐、小卷心菜等。

"嚯，真不少啊。"姥姥高兴地接过去，收进冰箱里。小卷心菜是姥姥最喜欢吃的东西。这时，爸爸又拿出了一个大纸袋子，递给阿米。

"这是学校的讲义什么的。"

不说阿米也知道。袋子特别有分量，真是无法置信。

"还有这个，这才是真正的礼物。"

爸爸递给阿米一盒在T市买的糕点。包装纸是很时尚的苔绿色，很漂亮。包装丝带也很漂亮，是纤细的金丝带。

"真好看。里面装的什么？"

姥姥沏好了茶，端着茶盘走过来。

"是点心，算是和式点心吧。不过，里面的馅儿是奶蛋糊。"

"哎呀，谢谢了。阿米，咱们开吃吧。"

也许爸爸觉得姥姥是外国人才特意送的点心吧。真是这样的话，爸爸对姥姥还是不大了解。阿米这么觉得。这种东西并不是姥姥爱吃的。姥姥喜欢的是深深植根于当地风土的地道的东西，即便是自己没吃惯的。

奶蛋糊被包裹在松软的海绵般的点心皮里，非常好吃。不过对于阿米来说，它太甜、太轻飘了，没什么质感。也许是因为她吃惯了姥姥做的添加了各种香料和干果的、沉甸甸的点心吧。

姥姥非常认真地、仿佛吃着什么神圣的东西似的默默地吃着。

阿米感觉空气有些紧张。

突然,爸爸换成郑重的语气说道:"我也和你妈妈谈过了,打算把家搬到T市去,咱们一家三口都到那边去住。你觉得怎么样?"

这可大大出乎阿米的意料。还没等阿米开口,姥姥先向爸爸发问:"那么,阿米的妈妈要辞掉工作吗?"

"她说辞掉也可以。"

"我上学呢?"阿米问道,声音大得把自己都吓了一跳。

"你得转学了。"爸爸很严肃地回答。

阿米意识到爸爸和姥姥都在瞅着自己,屏息静气地等自己表态。阿米一时不知该作何反应才好了。

按说不用再去那个讨厌的学校上学应该是件值得高兴的事。可是阿米总觉得有些不安,好像什么地方不对劲,连自己也觉得挺意外的。

"必须现在回答吗?"

爸爸显得有点吃惊,大概他以为阿米肯定会特别高兴吧。

"什么?嗯,好吧。爸爸今天晚上就住在这儿,明天回去。在我回去以前,阿米把想法告诉我好吗?"

"知道了。"阿米点点头。

"这事先这样吧。既然开车到这儿来了,咱们就去镇子上兜兜风吧。"爸爸笑嘻嘻地提议。

阿米脸上立刻有了光彩。

"真的?姥姥也一起去?"

"当然。"

姥姥微笑着,拿起了放在不远处的记事本和笔。

"太感谢了。只是还有好多家务要干,好容易才见面,就你们父女俩去吧。不过,帮我带点东西回来,口头说怕记不住,都写在这上面了。今天姥姥要做爸爸最喜欢吃的乳蛋派,好久没做了……"

"哇——"阿米和爸爸同时欢呼起来。

"刚才揉的面团就是吧?我还想呢,要是做乳蛋派就好了。"

"阿米预感很准啊。那就买点松蘑和红柿子椒、鸡蛋牛奶等等。啊，还有火腿……"

姥姥想到什么就写了下来。阿米接过纸条，马上站了起来。

"那我们走了，姥姥。"

"咦，现在就走？"

爸爸赶紧喝完了杯子里的茶，站起身来。

"好好去玩玩儿吧。"

姥姥送阿米和爸爸上了车，汽车出发了。

"阿米晒黑了，也精神多了。"爸爸一边开车一边高兴地对阿米说道。

"啊？晒黑了？"

"健康了呀。就像海蒂一样。"

"什么？"

"书里不是有这么一段吗，在小镇上得了病的海蒂，回到山里后就完全恢复了健康。你不记得了？"

"啊，想起来了。"

不错，真的很像。阿米心里想。

到镇上开车三十分钟左右。好久没有坐车出游了，阿米兴奋地欣赏着车窗外不断闪过的美景。突然变得开阔的景致、绿油油的麦田、自由自在地飞翔的鸟。再往山下走了一会儿,阿米看见了林间流淌的河流以及河流沿岸的田地。风从车窗刮了进来。

"去了T市以后,也许就不能这么经常来姥姥家了……"

"坐新干线的话,大约三个小时?"

"差不多吧。不过,这里离车站很远,从家到T市车站的时间,等候新干线的时间,从车站到姥姥家的时间,加在一起的话,需要半天的工夫,和开车来也差不多了。"

"……这样啊。"

阿米虽然在这个世上还没有活那么长的岁月,但她本能地知道,窗外这片广阔的风景是非常宝贵的东西。

她不可能永远在这儿待下去。她怀着说不清的伤感和怀念的心情,出神地凝望着田地那边整齐划一的杉树,随着风向的转换齐刷刷地晃动着。再往远处是潺潺流淌的深绿色河流、葱绿覆盖的山峦、雪白飘逸的云彩以及一望无际的蓝天。

"姥姥对于妈妈辞掉工作特别赞成呢。"爸爸非常自信地说道。

"你怎么知道?"

"姥姥一向认为女人就应该在家里守护家庭，我这么觉得。爸爸和妈妈结婚的时候，姥姥还对妈妈说过，还是考虑把工作辞了比较好，可是妈妈没有听。那个时候，妈妈对姥姥的想法很反感。"

爸爸还没有告诉阿米，妈妈当时觉得快要被姥姥压瘪了呢。不过，妈妈曾经对姥姥很反感，就已经让阿米相当吃惊了。

"嘿，还有这种事呐，看上去妈妈和姥姥挺好的呀。真没想到。"

"你妈妈和姥姥当然好啊。可能是姥姥太出色了吧。爸爸也很尊敬姥姥，只是有时候觉得姥姥有点跟不上时代的潮流。"

阿米恍惚觉得爸爸前面的大山变成了电脑和成堆的资料，河流变成了无休无止地流淌的传真。那些东西给曾经少年英俊的爸爸那瘦削的脸上增添了辛劳的皱纹和淡淡的黑眼圈。可是，那些东西里面蕴含着随时都能够面对现实社会的真实感，而它们也正是阿米置于山那边而不顾的东西。

"爸爸单身去外地工作有一年了吧。所以我一直在考虑该解决一下和家人两地分居的问题了。只是，不知道怎么跟妈妈开这个口。没想到阿米的事救了我,终于有机会说出口了。爸爸得好好感谢阿米……这么说,挺可笑的吧。"

"够可笑的。"阿米点头同意。

远远看见了从山上下来后的第一个信号灯。现在是黄灯,爸爸慢慢开始减速,最后轻轻停了下来。妈妈停车向来都特别急,所以每次停车,阿米都要猛地往前倒一下,相比之下,爸爸的车停得真稳当。

阿米深深呼吸了一下,调匀自己的气息。

"有个事……"

"啥事?"

"你还记得吗?爸爸,很早以前,我问过你人死了以后是什么样的?"

"真的,还有这事?爸爸怎么回答的?"

阿米失望透了,可还是特别耐心地提示爸爸:"你说,人死了就什么都没有了呀。"

阿米的声音特别小,还带着怨气,爸爸忍不住笑了出来。

"哦,那是很早以前的事了吧。那个时候一般人都是那么想的呀。不过现在呢,说实话,我还真不知道了。因为现在有好多种说法了。这几年,我那种说法好像不太吃香了。"

信号灯变成了绿灯,爸爸像停车时那样慢慢地踩下离合器,车子开动起来。

"不吃香了……"阿米不自觉地重复了一遍。

姥姥做的乳蛋派太好吃了。爸爸喝起了去兜风时买回来的啤酒,马上就犯起困来,眼睛都睁不开了。于是姥姥就让阿米带爸爸去阁楼上阿米的房间里休息。

"阿米拿条床单上去,给爸爸把床铺好。阿米今天跟姥姥一起睡。"

阿米点着头,站起来,催促爸爸:"走吧,爸爸。"

"不好意思。最近一直特别缺觉。"

"真辛苦啊。好好休息一下吧。"

"谢谢。晚安。"

"晚安。"

阿米路过走廊的壁橱时,拉开壁橱门,从里面拿出了两条床单。

"啊,这儿还有一个壁橱呐。这可真不错啊。浴巾和毛巾都叠得这么整整齐齐的。阿米也帮姥姥叠吗?"

"当然了。浴巾和毛巾各有各的叠法,所以才能摆得整齐好看。"阿米自豪地说。

"嘿,真不简单呐。"爸爸轻轻拍了拍阿米的脑袋。

来到阿米的房门外,爸爸站住了,伸手摸着姥爷那间屋子的门,对阿米说:"爸爸特别喜欢你姥爷。你妈妈对矿石没有兴趣,所以,爸爸和妈妈决定结婚以后,每次见到姥爷,他都要教爸爸怎么识别矿石,就像对自己的亲生儿子一样。一谈起矿石,姥爷就像个孩子似的全神贯注,两眼直放光。爸爸和姥爷一起去山上散步时,有时候他会突然停下脚步,从地上捡起一块石头,目不转睛地瞧上好半天,然后突然放进嘴里,咀嚼起来。"

"……吃了呀?"

"没有,姥爷这是在鉴定矿石呢。"

"……"

"爸爸很喜欢姥爷的。"爸爸低着头,突然冒出一句。

然后爸爸抬起头,走进阿米的房间,看着阿米手脚麻利地铺床的样子,惊愕地瞪大了眼睛。

"哎呀,真开眼啦。小家伙一转眼就变得这么能干了,几天前还跟我们撒娇呢。看来爸爸得给姥姥交学费喽。"

阿米最后嘭嘭地拍了拍四个被角。

"得,铺好了。爸爸,晚安。今天谢谢了。"

"我才要谢谢阿米呢。今天很愉快。晚安。"

阿米俨然成了一个家庭主妇,洋洋自得地回到了厨房。姥姥正在厨房里收拾着,把吃剩的乳蛋派包起来放进冰箱里。

"这个明天让你爸爸带回去给妈妈尝尝吧。"

"啊,好呀。妈妈保管高兴。"

阿米走到水槽边,挽起袖子洗碗。姥姥站在旁边,用擦碗巾把阿米洗完的碗筷擦拭干净。

"转学的事,你怎么想?姥姥。"

"这个嘛,我觉得原则是一家人最好住在一起……"

"爸爸也真是的,自己说过的话都给忘了。就是那个事,我跟姥姥说过的,人死了就什么也没有了……"

"呵呵,阿米生气了?"

"没法跟他这种人置气。爸爸说,人死了就什么也没有了的说法如今已经不吃香了。所以呢,现在他自己也弄不清楚了。"

姥姥哈哈哈地笑弯了腰。阿米也受了感染,扑哧一声笑了出来。

"爸爸也太矫情了吧。真没劲。唉,哪像个当爸爸的人呢。"

"阿米的爸爸对自己当时的感觉一向很诚实。即使对阿米,他觉得也要像对一个大人那样诚实、平等才对。"姥姥劝慰阿米道。可是由于刚才笑得太厉害了,眼泪还没擦干呢,所以,她的话没有什么效果。

"其实,爸爸人倒不坏。就是缺少点想象力。他想不到,自己这么一说,还不大懂事的女儿会怎么想……"

"是啊。不过,像你爸爸这样缺乏想象力的人,社会上多得很呢。"

"嗯,我知道。"阿米简短地说着,把洗碗桶里的水哗地倒掉了。姥姥也擦完了最后一只盘子,洗干净擦碗布,晾在毛巾架上。

"剩下的让姥姥来,阿米去准备睡觉吧。"

阿米刷完牙,换上睡衣后,刚钻进姥姥给她铺好的被子里,姥姥就进来了。然后姥姥熄了灯,躺在阿米旁边的床铺上。

"动作真快呀,姥姥。"

"阿米帮着干得差不多了,没什么可干的了。"

"姥姥，我想问一下。"

"什么？"

"为什么爸爸不问我怎么不去上学呢？"

"妈妈问过你吗？"

"也没有。对了，姥姥也没问过呀。"

"因为大家都很信赖阿米呀。既然阿米说不想去，那一定有不想去的理由吧。大家大概都是这么想的。"

阿米把被头拽到下巴上。

"跟女孩子打交道，真不省心呐。"阿米喃喃自语着，叹了口气。

"每个新的班级，都会很快地组成好几个小圈子。课间几个人一起去上厕所啦，一起八卦崇拜的明星啦什么的。"

"真不省心呀。"

"要说呢，随波逐流的话也没什么不省心的。只不过，最开始寻找跟自己对脾气的朋友，得费一番脑筋。一直到去年，我都挺顺当的。可是，今年不知怎么搞的，我对这套越来越烦了。"

"对加入小圈子？"

"嗯。形成小圈子时就像打一场心理战似的，烦死人了。"

因为要及时捕捉自己想要结伙的女孩子的眼神，使劲冲她微笑；自己不感兴趣的话题，也要拼命地随着她们哼哼哈哈的；不想去厕所也得跟着她们去。我越来越觉得这么做太浅薄、太无聊了。"

"明白，明白。"

"所以，今年我就没干那些无聊的事。结果，连去年的好朋友也去了别的小圈子，就剩下我一个人了。"

"去了别的小圈子的女孩子就不能跟阿米好了吗？"

"不能了啊。"

阿米侧过身子，面对着姥姥，像在教姥姥怎么使用音响似的说道："即使那个女孩想跟我说话，但只要那个圈子的人一叫她，她就必须马上去她们那边。就是说，这关系到看重哪一头的忠诚心的问题。"

"真够难的啊。"

"没错。不过，我一点都不怨恨那个女孩子，她也没办法呀。"阿米的语调淡然而冷静。

"那些小圈子之间没有什么交流吗？"

"有的互相敌视，也有走得比较近的。不过，我们这个班上，小圈子之间开始出现了想要友好相处的动向，真够少见的。"

"有这种可能吗?"

"有啊,太简单啦。只要大家一起挑选一个女孩作为共同的敌人就行了。"

"……"

听到这儿已经足够明白的了。姥姥深深地叹息了一声。

阿米沉默了半晌,好使自己激动的心情平静下来。这次居然没有哭出来,连阿米都想为自己叫好了。

"所以,爸爸说,明天要我告诉他愿意不愿意转学的事,我就一直在琢磨,可是……"

"女巫都是自己做决定的呀。你是知道的。"

姥姥用食指点了点阿米的额头。

"嗯,我知道啊。你先听我说。"

"好,好。"

"就算转了学,从那个班里逃出来了,最根本的问题还是没有解决呀。这让我怎么高兴得起来呢?就跟临阵脱逃似的,心里不是滋味。"

"解决根本的问题?对于像阿米这样的实习女巫来说,这是不可能的呀。因为现在最根本的问题是整个班级的不安。阿米班上每一个人都是不安的啊。"

"可是，也有我自己的问题，"阿米勇敢地说了出来，"我觉得自己还是太软弱了。到底我该选择像一匹孤独的狼那样性格坚强、勇往直前，还是选择跟大家合群的舒适生活呢？……"

"根据具体情况决定该怎么做，好不好？没有必要因为找到了自己能够舒服地生活的地方，就觉得愧疚啊。仙人掌不必在水里生长，而荷花也不会在空中开放。白熊选择了在北极生活而没有选择夏威夷，并没有人因此而责备白熊啊。"

姥姥的话很有说服力。不过，阿米也没有退让。阿米现在跟姥姥说话，已经没那么多顾虑了。

"姥姥总是对我说，你自己来决定，可是，我总觉得一直都是在姥姥诱导下做出决定的。"

姥姥瞪大眼睛，瞧着什么地方，装作没听明白的样子。

第二天，爸爸起床的时候，阿米和姥姥已经吃完了午饭。看见穿着睡衣下楼来的爸爸，姥姥笑着逗了阿米一句："跟阿米一个模子。"阿米假装生气地噘起了嘴。爸爸难为情地笑着，坐在了餐桌旁。

"这一觉睡得真香啊。谢谢阿米。"

阿米赶紧去给爸爸准备早饭。姥姥和爸爸对视了一眼，微微一笑。

"想好了吗？阿米，做了什么决定啊？"爸爸一边喝茶一边问阿米。这回轮到阿米和姥姥对视了一眼。

"还是决定和妈妈一起搬到爸爸那儿去住啊。"

爸爸眼睛放出了光彩。

"真的？太好了。"

阿米看着爸爸高兴的样子，庆幸自己做出了这样的决定。虽然不知道新的学校对于阿米来说是不是"北极"，但是，有试一试的价值。要把那里当做自己这个见习女巫的秘密修行之所。出于这个考虑，阿米才下定了决心。

"还是尽可能早一些搬过去比较好吧，当然还有各种手续要办。"

"爸爸，我想自己先了解一下那边学校的情况……我想自己选择去哪个学校。"

"呵，阿米对生活的态度真的很积极啊……没问题。没问题。"爸爸眉开眼笑地说。

趁着这个工夫，姥姥忙着把从院子里采摘来的蔬菜装进纸箱里,还把药草打成了一捆一捆的。然后,她把以前和阿米一起做的山莓果酱和昨天晚上做的乳蛋派装进一个干净的纸盒里,自豪地对爸爸说:"这个果酱是阿米做的。"

爸爸发出了感慨:"阿米已经变成了一个地地道道的 country girl① 了。"爸爸把"姥姥理想的"这几个词咽了回去。

怀着对未来的美好憧憬,爸爸回到妈妈身边去了。阿米和姥姥把爸爸送到了院门口。

傍晚是虫子们一天中最忙碌的时候。蚂蚁们排成了长长的队列正在大迁徙。苍蝇和蜜蜂们也嗡嗡地盘旋个不停。

深灰色的云层,从西边的天空飘了过来。

"好像要下雨了。"姥姥轻轻地说。

---

① 英语,意为"乡村女孩"。

第二天早上,阿米醒来一看,果然下雨了。黎明时分,阿米在睡梦中恍惚听见了淅淅沥沥的雨声。透过窗户往院子里一看,花草们都微微低垂着脑袋,承受着温柔的雨滴。

阿米的周围忽然间热闹起来了。这两三天内,她就要从姥姥这里撤回到自己家去,准备帮着搬家了。妈妈的电话也频繁了起来。

搬到 T 市去的话,恐怕就不能经常来姥姥家玩了。阿米和姥姥虽然都没有说出来,但彼此心里都很明白。

等雨小了一些,阿米便去了"那个地方"。她还是在那个树墩子上坐下来,然后,看了看这块与四周隔绝开来的空间。

这时,她发现前边的竹丛一带不自然地晃动着。是不是小鸟弄的呢?阿米凝神细看,啊,原来是正在挥动着锄头的源治。

阿米大吃一惊，心跳突然加快了。源治似乎还没有发现她，正挥着锄头专心地刨着和竹丛交界的那道坎儿。他这是在干什么呢？他这是在……入侵我的地盘，扩大自己的地盘呢！阿米想到这儿，身上的汗毛倏地倒立了起来。阿米不由自主地站了起来，源治这才发现了阿米，两人对视上了。一瞬间，源治露出尴尬的神色，但立刻变得嬉皮笑脸。他大概是感受到了阿米的愤怒，少见地辩解着："俺挖竹笋呐。"

阿米使劲瞪了他一眼，一言不发地扭头就跑。

"姥姥。"

看见阿米气急败坏的样子，正在地里干活的姥姥急忙跟着回了屋。

"你怎么了？"

姥姥让阿米在椅子上坐下来，听阿米叙述了一遍事情的经过。听完之后，姥姥坐到气咻咻的阿米身边，抚摸着阿米的后背，问道："女巫修行，阿米给忘了？"

阿米轻轻地"啊"了一声，然后，把已经到了嗓子眼的话咽了下去。

"动不动就这样激动还怎么修行啊？就好像有人追杀你似的，脸色这么难看。"

刚才真是觉得有人要追杀自己似的，阿米心想。被那么粗野可恨的人侵犯了自己的神圣领地，阿米实在咽不下这口气。

"可是，不管怎么着，我就是控制不了自己，那个人太可恶了。"

阿米在这件事上决不打算向姥姥退让一步。

"源治不是说他在挖竹笋吗？那就相信他好了。"

"明摆着他在胡说八道，怎么可能呢？"

姥姥怎么就是弄不明白呢？姥姥为什么要和那个下三滥的家伙来往呢？一涉及那个人，姥姥就变成了一个陌生人，远离了自己。阿米感到焦躁和孤独，委屈得想哭。阿米强忍着才没哭出来，一字一句地对姥姥说："那可是犯罪呀。"

姥姥没有说话。

"要是放任不管的话，那块地全都会被他夺走的。"

姥姥瞧着阿米，微笑着说："不是还有橡树吗？还有栗子树等好多树啊。即便源治真像阿米说的那样，他也不可能越过那些树的。"

姥姥轻轻制止了想要反驳的阿米，继续说道："况且，阿米对源治也很没有礼貌呀。阿米没有问声好就跑回来了吧？这样没礼貌，别人会很难受的。"

阿米咬着嘴唇，心里想，那么，那个人对我的态度又算什么呢？姥姥还蒙在鼓里呢，压根就不知道那个人背地里管姥姥叫什么。可是，那些话阿米不能够对姥姥说。从阿米嘴里说不出来。

"碰见这种事，让我不激动、不生气是绝对不可能的。叫我喜欢那个人，门儿都没有。那个肮脏的家伙。他还不如干脆——干脆死了算了。"

"阿米！"姥姥短促地叫了一声，啪地扇了阿米一巴掌。一瞬间，阿米被打蒙了。眼泪刷地涌了出来。

"姥姥对那个男的比对我还好。"阿米勉强说出了这句话，站起来噔噔噔噔跑回了阁楼上，扑到自己的床上，用被子蒙住了头。

姥姥真可气，让阿米受了这么大的屈辱，还是为了祖护那个男的，也太狠心了。真没想到姥姥是个这么野蛮的人。这全都是那个男的惹的祸。要是没有那个男的，我和姥姥之间就一丁点问题也没有了。那个男的根本就不配活着。啊啊，太伤心了……

阿米哭了一会儿，哭累了，就睡着了。

半夜里，阿米被什么动静吵醒了。是姥姥轻轻地开门进来了。阿米虽然有点难为情，但还是问了声"几点了"，为了表示自己知道姥姥进来了。

寂静的房间里，阿米的声音显得很唐突，姥姥轻声回答："十一点。你肚子饿了吧？想不想去楼下吃点东西？"

姥姥话音未落，阿米的肚子就咕噜咕噜叫起来，叫得还真是时候，而且叫了好半天，真可笑。姥姥扑哧笑了出来。阿米也想笑，却笑不出来，绷着小脸，苦咧咧的。既然肚子都跟着瞎起哄，阿米也只好下楼去了。

餐桌上摆着西红柿汤、酸奶拌香蕉、苹果沙拉。姥姥麻利地把汤热了热，烤了几片切得薄薄的面包片。阿米皱着眉头，闷头吃着。姥姥表现得格外温柔，就好像阿米得了感冒似的。哼，我可不会上你的当，阿米执拗地想，同时又十分怀念以前那样温馨的生活，两种矛盾的情感在阿米内心纠结着，不知怎么办才好。

吃完了饭，阿米正要回自己的房间去，姥姥在她背后说："nice、nice、sweet。"

阿米回过头来，仿佛朝着已经驶出很远的小船拼命地扔去一条缆绳一样，狠了狠心说道："不过，姥姥对我说的话，反应也够过分的呀。"

姥姥嘿嘿笑着，挤了挤一只眼："有时候是这样。"

第二天一大早就开始下雨。屋里屋外都很安静，静得待在房间里仿佛都能听见滴落在腐叶土上、渗透进土壤里的雨声。这声音也渗透进了阿米的心里，她就像个受了伤的小动物似的一动不动地待着。

雨渐渐变小了，到下午就停了。不过天还是阴沉沉的，说不定什么时候雨还会下起来。阿米跟姥姥打了声招呼就去了后山，因为明天阿米就要离开这里了。

雨雾从小路深处的杉树林那边慢慢笼罩了过来，阿米不由自主地朝那边走去。她恍惚觉得那边会出现一个更加明朗而沉静的悲伤的世界。

阿米不知为什么想要品味一下更加悲伤的感觉。她在针叶林中走着。从这个树林出去就是沼泽地，雨雾就是从那边升腾起来的。雨天和晴天的时候感觉不一样，静悄悄郁积起来的草地湿气凝结成一粒粒细小的绿色水珠渗入了阿米皮肤的毛孔和鼻孔里。

这里看着眼熟,好像曾经来过似的。阿米茫然地想着。

这时天空突然变亮,微弱的阳光洒了下来。同时阿米闻到了一股甘甜的气味,不由朝那个方向张望起来。

阿米看见沼泽那边的山坡上有一棵二三十米高的大树,树上还开着好多直径足有二三十厘米的大白花,就像点亮了一个一个的纸灯笼。那些花很像大了一圈的荷花玉兰,又像是荷花。

对了,那不就是空中开放的荷花吗?它们在雨雾中绽开,恍如梦境,尽管姥姥说过荷花不在空中开放。阿米看得入了迷,一步也挪不动了。啊,如果像姥姥说的那样,人有灵魂的话,阿米真想当那个灵魂,围着那些美丽的花儿轻飘飘地飞呀飞呀,那该有多美啊。

阿米被那些花儿强烈地吸引着,这使她不禁害怕起来,仿佛又听到了那个"并不是自己想要听的声音"。她正想要往回走,脚底下跐溜一滑,掉进了一个洞里。虽然没有受伤,却沾了一身的泥巴。刚要爬起来,阿米突然睁大了眼睛。

这个洞的侧面有一个更深的洞,里面悄然开放着一片美丽的银色花朵。在这个树林深处，在这个黑黢黢的、照不到阳光的地方，竟然会……阿米惊诧不已。这种植物的茎有二十厘米长，包裹着银白色鳞片，光秃秃的，没长叶子。在银白色茎的顶端，也开着像一小朵精致的银质兰花似的小花。大约有几十株之多，宛如长在地面上的蘑菇或笔头菜，这景象真是奇妙极了。

阿米出神地看了好一会儿，忽然听见了雨点穿透茂密的枝叶滴落下来的吧嗒吧嗒的声响，这才站了起来。阿米感觉膝盖有点疼。她采了一株奇异的花，爬出了那个洞。

阿米走进后院时，碰上了拿着雨伞正要往外走的姥姥。大概是看见下雨了，姥姥打算去接阿米吧。一看见像个泥猴似的阿米，姥姥立刻跑了过来。

"这是怎么搞的？弄得这么脏。没摔着吧？"

"我发现了一种没见过的花儿。可能是新品种。"阿米尽量把语调控制得很平静，说道。因为她还没有和姥姥完全和好呢。唉，这种事真够麻烦的。姥姥愣了一下，马上高兴地发出一声"哎呀"，接过了那朵小花。

"这叫银龙草，我今年也是头一次看见。阿米掉进那个洞里了吧？好了，先进屋换衣服吧。"

阿米听姥姥这么一说，有点失望。她先冲了个澡，换了衣服后，走进厨房，只见那朵银龙草被插在花瓶里，摆在了姥爷的照片前。姥姥给阿米沏了一杯红茶。

"这是你姥爷生前最喜欢的花。他管这种花叫做矿石精灵。所以，每年一到这个时候，我就这样给他摆上一朵。阿米小的时候，姥姥还带你一起去采过呢。可是，今年……"

姥姥就像跟姥爷说话似的自言自语着："阿米一个人给你采来了。"

阿米一边喝着红茶，一边问："每年都是这个时候开花吗？"

"是的。下了很多天雨的话，土地把水吸饱了，它们就会苏醒过来。因为这种花是不需要阳光的。"

"我还看见沼泽那边有一棵开着大白花的树呢。"

"哦，那是朴树。朴树的花要有阳光才能开呢。稍微老一点的朴树常年都开花，没有太阳的时候，花就合上了，太阳一出来，花又开了。朴树开花时有股特殊的气味。"

"闻着有股酸甜的味儿。"

"闻到了吧。很诱人的气味吧。"

阿米仔细地瞧着银龙草——矿石精灵，阳光照不到的地下世界之美。在阿米看来，这就像是姥爷送给她的礼物。姥爷仿佛就坐在自己身边似的。阿米坐在桌边喝茶时，感受到了这不可思议的存在——除阿米和姥姥以外，仿佛还有一个什么人在她们旁边静静地喝茶似的。

今天是阿米离开姥姥家的日子。直到昨天还阴雨连绵的，今天却是个晴空万里的艳阳天。来接阿米的妈妈发现阿米无精打采的，还以为是她不愿意和姥姥分开呢。姥姥问妈妈："真的把工作给辞了吗？"妈妈见阿米在阳光房里，就对姥姥说道："这是我和她爸商量过的。我们觉得一家人老不在一起，我又整天忙于工作，说不定对阿米也有一定的影响。所以，我暂时辞了工作，搬去T市，这可能是最妥当的决策了。"

"不容易啊，下这个决心。"姥姥嘿嘿笑着。

"还行吧。我考虑了什么对我最重要，才排出了先后顺序。"

"不考虑的话，就不知道吗？"

姥姥嘿嘿一笑，妈妈对姥姥这么笑很是不忿。

"我跟你说清楚啊，我可没打算以后彻底不工作了。我可做不到像姥姥那样。我有我的人生，姥姥没有道理倚老卖老，把自己的生活方式强加给我和阿米呀。"

姥姥伤感地微笑了一下。

"也许我那一套真的过时了。"

当然，她们这番对话，阿米一字不落地都听见了。阿米正在给小勿忘我浇最后一次水。姥姥的话听起来特别的伤感，阿米觉得很难过。就连妈妈也听出来了。

"怎么了？今天可不像姥姥啊。"

"什么样像我啊？"

"一向充满自信的呀。"

阿米很赞成妈妈说的话。姥姥一向最清楚什么时候自己该干什么了，就像院子里的植物那样真实地过着每一天。和姥姥比起来，阿米总是心神不定的，对自己做的事没有信心。

过了一会儿，三个人像刚来的那天一样，做了三明治。妈妈发现阿米吃的时候没有把金莲花拿掉，但没有表示惊讶。

吃完了饭，到了该跟姥姥说再见的时候，坐在车里，阿米很想哭。要跟姥姥分别了，并非阿米伤心的主要原因，而是有一块没有解开的疙瘩，沉甸甸地压在她心里。姥姥用又担心又忧伤的目光注视着阿米。阿米心里很明白，姥姥是想听阿米对她说一句什么。就像以前那样，说一句"最喜欢姥姥啦"。可是，阿米没有说。

汽车发动了，开出了院门，拐过弯去。虽然看不见姥姥了，阿米依然感觉到姥姥那渴望的眼神在注视着她。

从那以后，两年过去了。阿米每天都去学校上学。

这所新学校里，当然也有小帮派之类的存在，但不像原来的学校那么多了。而且，阿米还交了个新朋友。那个女孩名叫圣子。

圣子有着独特的个性和价值观。阿米只要和她在一起就感觉特别自在。她说话喜欢直来直去，但没有恶意，说得也都很在理。不过，她和班上的同学总显得有些距离。

因为，对于圣子来说，她是不需要合群的。圣子总是站得笔直，眼睛看着正前方。她的个性非常与众不同。打个比方，如果圣子在剪指甲的话，那么就连她剪下来的指甲也只能属于圣子，绝不会和别人一样。

阿米转学后发生了一件事，使她和圣子成了好朋友。从那以后，无论做什么，两人都会不自觉地走到一起。

阿米并没有忘记女巫修行的事。只要是自己决定的事，无论遇到多大的困难，阿米都要坚持到底。也许她觉得通过这样的努力，可以维系和姥姥之间的关联不致中断吧。

一想到姥姥，阿米心里就隐隐作痛。阿米至今依然认为，那时候自己说了源治那些难听的话，只不过是连自己也控制不住的情感的"泄漏"。（"泄漏"这个词是阿米最近从书上看来的。但没有实际使用过，所以觉得还不属于自己的语言。）她现在还没有后悔或者反省的打算。

不过，从姥姥的角度来说也是一样。对阿米下手那么重，难道不是控制不住的情感的"泄漏"吗？姥姥尽管是女巫，可说到底也是人呐。离开姥姥以后，阿米也开始思考这些问题了。

说实话，在阿米内心深处虽然存在着不想原谅姥姥的抗拒心理，但是，要保持这样的心态是非常耗费能量的。阿米觉得越来越厌倦了。再说，阿米在最后分别的时候对姥姥的做法也很过分。那样一言不发地扔下姥姥一个人就走了，说起来也够残忍的。

想象力的翅膀终于抵达这个层次，使得阿米的心情越加沉重起来。阿米觉得自己对不起别人，比起别人对不起自己来，更应该求得别人的原谅。下次见到姥姥的时候，一定下决心把这些话都说出来。把自己的手掌心都亮出来，全都听姥姥的。这样的话，姥姥就会嘿嘿一笑，给阿米讲很多让阿米安然入睡的故事了。

阿米总是这样对自己说着。只是下次再见到姥姥时，还有，把这些话对姥姥说出来的时候，估计会有一点点心理负担……

在见到姥姥之前，至少要好好实践姥姥教给自己的事情。等下回见到姥姥时，就能让姥姥高兴一些了。所以，阿米无论做什么都非常认真努力。

没有想到，阿米做事的态度竟意外地获得了圣子的尊敬和赞赏，因为圣子属于那种只对新奇事物感兴趣的人。

可是，从那以后，阿米就一直没有时间去姥姥家。见阿米的学校生活上了轨道，妈妈又开始工作了。爸爸照样是那么繁忙，而阿米也是一样，每天的日程都排得满满的。

去姥姥家途中，阿米回想起了两年前在姥姥家度过的那些日子，还有那块她曾经特别喜欢的"地方"。这两年来她竟然连想都没想起过"那块地方"。当然对阿米来说，那里依然是非常重要的地方，它是一个可以与圣殿相媲美的地方。可是，她怎么会把它给忘了呢……阿米觉得十分内疚。

车开进了姥姥家的院子里，已经有一辆不认识的车停在院子里了。阿米和妈妈迅速从车上下来，径直走进了玄关。源治从屋里走出来。阿米怀着复杂的心情瞧着好久没见的源治。

"妈妈呢？"妈妈连问好都省了，机械地问道。

源治默默地指了指最里面的姥姥的卧室。妈妈没有说话，直奔那个房间。

源治看见阿米，无力地点点头。阿米也生硬地点点头，就去追妈妈了。

姥姥身上已经盖上了被子。看见蒙在姥姥脸上的白布，阿米就像被当头泼了盆凉水一样，打了个冷战。——难道姥姥也必须蒙上这种东西吗？

这时，妈妈用冷静得吓人的声音说："我们家不盖这东西。"

然后，妈妈取下了白布。姥姥清瘦而衰老的脸露了出来。只不过才两年时间，人竟会变得如此衰老吗？

"她就愿意这样。"妈妈声音低沉而压抑地说道。

妈妈这样子就像个被父母抛弃了的孩子，阿米心里想，感觉自己就像个旁观者。

"阿米，对不起，先去厨房那边待一会儿。"

阿米默默地走开了。姥姥的死使阿米感到悲哀，无法挽回的可怕的悔恨像漆黑的焦油般渐渐覆盖了阿米。阿米觉得自己的胸口被刀划开了一道又深又长的伤口，阿米的一切仿佛都被这伤口的疼痛给紧紧箍住了。阿米觉得自己再也不可能像以前那样去迎接每天早晨升起的太阳了。

这时，阿米听见妈妈号啕大哭起来。阿米感到自己的嘴唇冰凉得发抖。她这样一动不动地待着，不知过了多久，直到妈妈走进厨房来，才回过神来。

"得跟英国那边联系一下。估计爸爸也快到了……我记得姥姥当教师时的通讯录就放在这附近……"

妈妈打开橱柜找起来。阿米也站起来帮着找。通讯录从缝纫盒里找到了。

"妈妈先去打几个电话。"

"知道了。"

两个人怀着各自的悔恨，一个留在原地，一个去起居室打电话。妈妈出去之后，阿米猛地趴在桌子上，脸被挤得变了形。

"啊啊……"阿米发出了撕心裂肺地喊叫声。她现在的心情不是用悲伤这个词可以形容的，而是那种惶惶然不知如何是好的感觉，也许用悲痛来形容比较接近。就连一滴眼泪都没有，真是铁石心肠啊。我这是怎么了呀……

这时，厨房那边突然响起了砰砰的敲门声。阿米抬起头来，是源治来了。阿米慢腾腾地站起来，去给他开了门。她只觉得自己的身体仿佛被上千张薄薄的糯米纸包裹成了蚕蛹一般，已经没有任何知觉了。

源治脸上一点也看不见过去那种气势汹汹、傲慢无礼的态度了，连个头都显得比以前小了一两圈似的。他弯下腰，递给阿米一个东西。

"可以帮我把这个给他摆上吗？"

原来是银龙草。

阿米不由得"啊"地叫出声来，然后双手接了过来。

"这家老爷子喜欢这个。俺这人不是个东西，可他们对俺好着呢。"源治眨巴着眼睛说道。阿米仔细一看，原来源治哭了。

"有啥子要俺做的，吱一声。"他咕咕哝哝说完，扭头刚要走，忽然，瞧着地上说："嚯，少见呐。这黄瓜草开花喽。"

阿米也发现了。阿米一直管它叫做小勿忘我的小花居然长大了，开出了像模像样的花朵。

"这花……叫黄瓜草？"

说起来，这还是阿米第一次这么跟源治说话，没带什么厌恶感。也可能是因为自我感觉被严严实实地包裹在糯米纸做的蚕茧里，才会这样的吧。

"这儿人都这么叫。"

源治点了点头，走了。

阿米手里拿着的正是那种银龙草，像银质手工艺般奇妙的花。时隔两年再一次看见这花，阿米目不转睛地凝视着它，以至于忘了刚才的悲伤。

阿米像以前姥姥那样，把一株银龙草插在花瓶里，摆在姥爷的照片前。

然后，阿米打开厨房门，去给那朵熟悉的小花浇水。她弯下腰，无意中瞧了一眼那雾蒙蒙的玻璃。就在这一刹那，阿米仿佛被电流击中了一样，瘫坐在了地上。

在那块脏玻璃上，有几行用手指或其他什么东西描出来的字迹，就像小孩子经常描着玩的那样。

西女巫致东女巫
姥姥的灵魂，成功逃出。

奇怪，刚才没有看见啊，阿米心里想，就是源治来的时候。也可能刚才就有，只是自己没有发现？

啊，姥姥，姥姥，原来姥姥还记着呢，我们之间的那个约定！

在这一瞬间，犹如无数道光芒倾泻而下，阿米全身心地感受到了姥姥那无边的爱。这压倒一切的强烈光芒足以融化掉蚕茧，让所有被尘封的感觉都苏醒过来，也包括姥姥已经真的死了这件事在内。阿米已分辨不出自己现在是悲伤还是高兴了。

阿米闭上眼睛，握紧拳头，无法遏制地大声喊道："最喜欢姥姥啦。"

眼泪止不住地流淌下来。

就在这时,阿米真真切切地听见了那个声音。

那正是阿米发自内心想要听到的声音,那声音就像姥姥那温暖的微笑一样回响在阿米心里和整个厨房里。那声音就是:"I know。"